CUENTOS ANTES DEL ANOCHECER

CUENTOS ANTES DEL ANOCHECER

Luis Mora

Número de Control de la Biblioteca del Congreso de EE. UU.:   2015905761
ISBN: Tapa Blanda   978-1-5065-0294-6
                 Libro Electrónico   978-1-5065-0293-9

Esta es una obra de ficción. Cualquier parecido con la realidad es mera coincidencia. Todos los personajes, nombres, hechos, organizaciones y diálogos en esta novela son o bien producto de la imaginación del autor o han sido utilizados en esta obra de manera ficticia.

Información de la imprenta disponible en la última página.

Fecha de revisión: 17/04/2015

Para realizar pedidos de este libro, contacte con:
Palibrio
1663 Liberty Drive
Suite 200
Bloomington, IN 47403
Gratis desde EE. UU. al 877.407.5847
Gratis desde México al 01.800.288.2243
Gratis desde España al 900.866.949
Desde otro país al +1.812.671.9757
Fax: 01.812.355.1576
ventas@palibrio.com
451971

ÍNDICE

INTRODUCCIÓN

"Cuentos antes del anochecer" es un libro que consta de varios cuentos, unificados por el humor negro. Las historias están construidas a partir de la presencia de personajes grotescos, perversos, inmersos en ambientes sombríos. La intención con este libro es infundir horror y humor al mismo tiempo, introducir al lector en relatos llenos de atrocidades que lo diviertan, inquieten y perturben. Casi obsesivamente mostrando las anomalías sociales como la perversidad, represión, locura, tortura, violencia, amor, injusticia, crueldad, dolor y otros temas como la desintegración familiar, el narcotráfico, el secuestro y lo sobrenatural.

El efecto que se intenta construir surge de la mezcla de lo grotesco y el humor naive. Lo grotesco consiste en un sistema de rebajamientos relacionados con las fuerzas engendradas en el cuerpo. El libro abunda en incidentes macabros y descripciones crueles. Todo esto combinado con ironía, tragedia, acontecimientos vertiginosos, finales sorpresa y una buena dosis del absurdo. El lector enfrenta un ambiente aparentemente inocente, cursi y hasta bello, para después enfrentarlo a una realidad llena de horror y violencia.

Con lo prohibido, lo obsceno, la conciencia del miedo, existe el sentido de lo paradójico, y se intenta activar el mecanismo del humor contrastando códigos de veneración con los códigos de irreverencia, de lo sagrado con lo profano, de lo "moral" con lo "inmoral," con el fin de producir un efecto paródico y subvertir los conceptos tradicionales de la moral.

En otros casos el humor es generado mediante técnicas relacionadas con la oralidad. Ejemplo de ello son las imágenes desmesuradas construidas con términos y vocablos heredados del espíritu popular con los que se pretende conseguir la degradación y la exageración de los temas tratados. Se utiliza también un lenguaje frío, "ceñido," sin adjetivos que permite destacar la anécdota o para darle intensidad al personaje, puesto que lo que importa en estas historias son las acciones y motivaciones de los personajes. Las historias se desarrollan con una gran economía de recursos.

La mayoría de los personajes no se describen físicamente porque esa caracterización no se requiere en función de lo que se narra. Solamente en "Piel de arena" y "Aquamor' que son cuentos sensitivos, es necesario la descripción física de los personajes para recrear los cuerpos vigorosos. Asimismo, no se describe la condición social de los personajes, se determina sólo por los escasos datos que se aportan pero no interesa en el anécdota, sólo en los cuentos de "Funeraria Paraíso" y "Evangelina ama a Jesús", se menciona que la condición social les ayudó a realizar sus propósitos.

La oralidad va de acuerdo al narrador que la mayoría de las veces es en primera persona, en ocasiones los cuentos constituyen una serie de soliloquios enloquecidos, que comunican una conversación delirante con un lenguaje coloquial, oral, sin rebuscamientos y sin expresiones regionales con un lenguaje elemental a fin de que cualquier lector independientemente de su formación cultural, lo pueda leer y entender. Sólo el cuento de "La chica de moda" es un cuento donde se expresa un lenguaje oral de una muchacha engreída.

La metamorfosis de la inocencia en maldad, es causada por personajes de edad avanzada o en situaciones de poder. El autoritarismo ejercido por estos personajes, se esconde bajo velos de hipocresía y falsa moralidad con el fin de atropellar a los más débiles. Se podría decir que los personajes de estos cuentos pertenecen a la categoría de los marginados que observan con malicia el mundo en el que viven. Están sujetos a las leyes o las morales, tradiciones pero se mantienes fieles a su íntimo deseo.

Los personajes son antihéroes como un atleta, un pianista, un poeta, una señora de la alta sociedad que realizan cualquier cosa con tal de triunfar en la vida pero al final fracasan en sus objetivos. Detrás de sus metas o fantasías se percibe un miedo, curiosidad, que les causan las desventuras humanas. Estos personajes son los típicos antihéroes frustrados en sus aspiraciones amorosas, sometidos y humillados, desventurados y rencorosos, que anhelan cierta felicidad vagamente intuida. Por ejemplo, imponen su voluntad, salen vencedores a costa de sí mismos pero cuando las circunstancias los aprietan debido a su ingenuidad, marginalidad, timidez, o inocencia se disponen a ofrecer la cabeza al primer verdugo que se les presenta. Por eso, la intención de los cuentos es de revelar el rostro cruel del ser humano como parte de la naturaleza humana y no como un privilegio de una determinada clase o grupo social. Al final de cada cuento se exhibe la tensión sorpresiva con el lector y que participe con la angustia de los personajes para que se identifique con ellos.

Los personajes se manifiestan a través de sus acciones que se desenvuelve en una línea y desde el primer renglón, el lector se encuentra situado en la historia. Se reduce al mínimo la anécdota en un lugar donde convergen diversas situaciones extrañas para crear una atmósfera de misterio, incertidumbre y ansiedad. El espacio es importante porque esta acondicionado al estado psíquico del protagonista, además se percibe un ambiente de misterio y terror que gravita sobre la acción. Por ejemplo, en "Sangre virgen", "Preludio No.13", "Aquamor" y "Casa ultrajada". El tiempo en que se desarrolla la acción es en general cronológico. Solamente en "Casa ultrajada" empieza desde un tiempo indeterminado.

En conclusión, se podría decir que "Cuentos antes del anochecer" es un libro de varios cuentos cortos saturados de humor negro con excesos y perversiones. Todo esto con la finalidad de que estos temas causen un displacer o satisfacción a lector y establecer una alteración del orden normal que permite un relato que no desemboce en nada más que en eso, en contar cuentos de humor negro.

SANGRE VIRGEN

Yo vivía en un pueblo con mi esposa y mi hija de trece años, pero como nuestra situación económica era deplorable, y no teníamos para comer, decidí ir a la capital a trabajar. Regresé once meses después pero ya no encontré a mi familia. En mi casa ahora habitaban otras personas. Pero como no sabía qué hacer, decidí ir a la iglesia del pueblo para preguntarle al cura si sabía algo sobre mi esposa y mi hija.

Al caminar por los pasillos de la iglesia sentí como si los santos que estaban alrededor me siguieran con la mirada. Me senté en una banca a esperar a que el cura terminara de confesar. La penetrante mirada de los santos seguía comiéndome con la mirada; quise salir, pero pude controlarme rezando en silencio. Cuando el padre salió del confesionario, aproveché para hablar con él. Me dijo que mi esposa se había suicidado y que mi hija se había vuelto loca. La última vez que la vio, vagaba por las calles del pueblo. Después no supo más de ella. El sacerdote me ayudó con sus palabras de aliento y me ofreció su casa que colindaba con la parroquia. Me dijo que se sentía culpable por no haber podido ayudarlas. Me aceptaría con la condición de que le ayudara a limpiar la iglesia, cuidar el jardín, y comprar el mandado.

Una noche, cuando terminé de hacer todas mis labores y me retiré a descansar a mi pequeño cuarto del segundo piso, escuché unos gritos que venían de la iglesia. Los gritos me paralizaron pero sabía que era mi obligación averiguar qué estaba pasando. Me asomé por la puerta pero no alcancé a ver nada; la iglesia estaba completamente oscura. Bajé con una veladora a ver lo que ocurría. Los gritos ya no se oían, sólo se escuchaban mis pasos. En cuanto abrí las puertas de la parroquia salió de entre las bancas una muchacha cubriéndose solamente con una sábana blanca, dejando al aire la mayor parte de su cuerpo. Lloraba casi a gritos y corría desesperadamente por las bancas de la iglesia. Quise alcanzarla pero desapareció entre las sombras de los pasillos. Seguí caminado entre la oscuridad con mi veladora pero no volví a verla. En una esquina de la parroquia encontré una estatua cubierta con una sábana parecida a la de la muchacha. La retiré y me encontré ante una hermosa virgen que nunca había visto antes. Lo que más me sorprendió es que tenía varias gotas de algo que parecía agua debajo de su ojo izquierdo. Las toqué para comprobar si eran lágrimas y efectivamente mojaron las yemas de mis dedos.

Lleno de emoción fui al cuarto del sacerdote para contarle lo que había visto. Llamé varias veces pero no me abrió. Abrí la puerta de su habitación y sólo encontré la cama desordenada con las almohadas y las cobijas en el piso. Lo busqué por toda la iglesia, hasta que al fin lo encontré en una capillita rezando en voz alta, arrodillado y con los brazos abiertos en cruz. Le conté lo que había visto pero no me creyó. Me dijo que eran alucinaciones mías, que él no había escuchado ni el más mínimo ruido. Después de muchos ruegos lo convencí de que me acompañara a la parroquia, donde encontramos a la estatua de la virgen sin ninguna gota de lágrima.

El padre me regañó diciendo que eran alucinaciones mías y que sólo le estaba quitando su tiempo de oración. Me envió a mi cuarto a dormir pero no pude conciliar el sueño porque pensaba constantemente en la virgen. Cuando me aseguré que el sacerdote ya estaba en su recámara, volví con la estatua y esta vez descubrí que su rostro se parecía al de mi esposa. Contemplé y acaricié su rostro de porcelana por varias horas hasta que me quedé dormido a sus pies. Esa noche soñé que la virgen se despojaba poco a poco de sus ropas hasta quedar desnuda y luego nos amábamos plenamente.

Una semana después, mientras descansaba de los pesados trabajos del día, volví a escuchar unos chillidos y luego unos gemidos de mujer que rebotaban por las paredes de la iglesia. Cuando bajé a averiguar, descubrí que venían de la habitación del padre. Me acerqué a la puerta para darme una idea de lo que estaba pasando y escuché que los chillidos eran producidos por la cama que se movía de un lado a otro. Momentos después la puerta se abrió de golpe y apareció la misma muchacha de la noche anterior. Salió corriendo desnuda hacia los pasillos de la iglesia. Cruzó tan cerca de mí, que pude ver su cara. Sentí una sensación de ahogo al descubrir que era mi hija. La seguí y esta vez no dejé que se escapara, la tomé de un brazo para decirle que yo era su padre. Ella no dijo nada. Parecía muda. Temblaba y sólo me veía con mucho miedo. Descubrí en esa mirada llena de lágrimas, la más grande turbación. Suavemente sequé su mejilla con mis dedos, pero ella se asustó y se echó a correr, perdiéndose en la oscuridad de la iglesia.

Regresé a la recámara del sacerdote para pedirle una explicación, pero no lo encontré. Lo busqué por todas partes sin resultado. Cansado de dar vueltas por todos lados, me senté en la escalera que daba a mi cuarto. De pronto, volví a escuchar los gritos de mi hija. Los gritos provenían de la parroquia. Quise entrar pero alguien la había cerrado por dentro. Los lamentos aumentaban cada vez más, retumbando por todos lados. Traté de abrir la puerta a golpes pero no tuve éxito. Al cabo de un rato, los gritos terminaron. Después no escuché ni un sólo ruido. El silencio invadió la iglesia, al grado de inquietarme aún más. Golpeé la puerta con todos los objetos que estaban a mi alcance hasta que por fin la derribé.

Encontré la parroquia vacía. Las caras de los santos parecían decirme algo pero sólo petrificaban el silencio. La estatua de la virgen lloraba, ahora, chorros de sangre. Me acerqué y toqué las lágrimas para asegurarme que era sangre. Sí lo era. Asqueado limpié mis manos sobre mi camisa pero las manchas se expandieron sobre toda mi ropa.

Por los ventanales de la parroquia entró la luz roja del amanecer e iluminó lentamente las paredes de la iglesia. Me extrañó que tocaran a la puerta principal. Corrí a abrir. Entró la gente del pueblo y tomó su lugar para la primera misa. De repente, todo el mundo gritó y señaló hacia la cruz donde el padre, desnudo, se encontraba clavado. Sólo la sangre lo cubría. Me apoyé en una banca para observar lo que la luz del amanecer me presentaba. Descubrí que la sangre del cura goteaba y manchaba la imagen de la virgen.

Al ver la sangre en mi ropa, la gente me culpó del asesinato. Me golpearon y trataron de lincharme ahí mismo, dentro de la iglesia. La parroquia se llenó con los habitantes del pueblo que traían cuchillos y sogas para matarme. Me volví hacia los santos para pedirles por mi vida, pero no me escucharon. Sólo la virgen lloraba a causa de los golpes y azotes que me propinaba la gente que no sabía lo que hacía. Cuando ya me tenían en el suelo aparecieron las autoridades para impedir que me mataran y después me trajeron aquí, a la cárcel de la capital.

Ya no quiero hablar de esto. Lo único que siempre recordaré es la sonrisa de mi hija. Cuando la vi por última vez entre la multitud, en el momento en que me llevaban preso, su expresión ya no era de angustia. Ahora un rayo de luz iluminaba su rostro. Por eso, si fue ella quien asesinó al sacerdote, no me quejo de la larga condena que me han impuesto.

EL PRIMER AMOR

Siempre mi mamá me tenía encerrado en casa, nunca me dejaba salir, siempre me decía que afuera era muy peligroso. Que siempre hay muchos asaltos, secuestros y muertes por todos lados. Por eso, la mayoría del tiempo jugaba con mi hermanita o con mis videojuegos. Aunque prefería jugar con mis videojuegos y aunque algunas veces mi mamá sacaba a mi hermanita a la banqueta para que jugara con su triciclo. Todos los días mi hermanita quería salir a la calle a pasear, pero mi mamá siempre se preocupaba, sólo nos dejaba salir por unos pocos minutos. A veces me asomaba por la ventana y veía a la gente y los coches pasar, se veía todo tan tranquilo que no sabía por qué mi mamá nos asustaba con tantas historias terroríficas de violencia. Un día que estaba muy aburrido y que me sentía encerrado, me asomé por la ventana y de repente vi pasar a una muchacha muy bonita. Tenía su pelo largo castaño y sus ojitos eran claros pero su mirada era muy triste. Salí de la casa y vi que iba a la tiendita de la esquina. Me quedé paralizado contemplándola sin parpadear. En eso mi mamá llegó y me dijo que ya me metiera que era muy tarde y muy peligroso para estar afuera. Desde ese día esperaba todos los días en la ventana a que ella pasara. Por eso, moví la televisión y mis videojuegos cerca de la ventana. Todas las noches antes de dormir la imaginaba, sabía que ella sería la mujer con la que estaría toda la vida.

Después llegaron mis vacaciones de verano y mi hermanita y yo estábamos todo el día en casa aburridos. Mi mamá me dejaba a cargo de la casa y de mi hermanita porque ella estaba trabajando, siempre me decía que yo era el hombre de la casa y que tenía que cuidar de ella y de mi hermanita. Hasta que un día a través de la ventana volví a ver a la muchacha de ojitos tristes pasar. Esta vez salí de la casa para perseguirla, pero ella estaba con un señor que parecía que era su papá y ellos se dirigieron al edificio que estaba al lado del edificio donde vivíamos. Esa vez no le pude decir lo mucho que la amaba. Al día siguiente, se me ocurrió sacar a mi hermanita a la banqueta para que jugara con su triciclo y así encontrarme con la muchacha de los ojitos tristes.

Un día que estábamos jugando en la banqueta vi que la muchacha salía de su casa y se dirigía a la tiendita de la esquina. En ese momento le dije a mi hermanita que fuéramos a comprar unos dulces. Sin embargo la muchacha de los ojitos tristes ni siquiera me miró, se puso a hablar con unos chicos que parecían mayores que yo. Entonces no tuve más remedio que comprar los dulces porque mi hermanita ya me los estaba pidiendo para después regresar a casa.

Así pasaban todos los días mientras mi mamá estaba trabajando, sacaba a mi hermanita a jugar con su triciclo a la banqueta pero ya no veía pasar a la chica de los ojitos tristes. Hasta que un día cuando estábamos jugando afuera, escuché que sonaba el teléfono de la casa sin parar, corrí para contestarlo y era una llamada equivocada porque me preguntaron por Alma. Les dije que ella no vivía aquí que era número equivocado inmediatamente colgué y regresé afuera, y sólo encontré el triciclo de mi hermanita, pregunté a las personas que estaban por ahí que si habían visto a mi hermanita, pero nadie sabía nada. Corrí hacia la tiendita y tampoco estaba allí. Entonces no me quedó más remedio que llamar a mi mamá a su trabajo.

Mi mamá puso una denuncia, pero parecía que la policía no hacía nada. Por eso, mi mamá y otras personas hicieron carteles con la foto de mi hermanita y organizaron búsquedas por diferentes lugares. Me sentía muy culpable y los acompañaba en las búsquedas. Una mañana que nos levantamos muy temprano para ir a buscarla, fuimos a unas lomas donde nadie vivía y nunca nadie iba. De lejos vi una mano que salía de la tierra, corrí para empezar a excavar pensando que ahí se encontraba mi hermanita, pero cuando llegaron más personas para ayudarme, sacaron un cuerpo y vi que era la muchacha de los ojitos tristes de la que estaba enamorado.

De la chica de los ojitos tristes no se supo ni como se llamaba ni de donde era, ni quiénes eran sus familiares. Igualmente a mi hermanita nunca la volvimos a ver, ni nunca supimos nada de ella.

LOCAMANÍA

Angelita, mi compañera de clase, me invitó a su casa a dormir, porque su familia había salido de vacaciones por dos semanas. Angelita no los acompañó porque no podía faltar tanto tiempo a clases. La verdad me sorprendió su proposición porque parecía ser la estudiante más seria y recatada del salón. No lo pensé dos veces y acepté de inmediato, ésta era la oportunidad que estaba esperando para hacerla mía. Por ejemplo, todos los días, mientras el profesor daba su clase, nos mirábamos largo rato, pero nunca me atrevía a declararle mi amor, no sé si por vergüenza o timidez. El caso fue que antes de salir de la escuela le llamé a mi mamá para decirle que me quedaría con un amigo para trabajar en un proyecto de investigación muy complicado. Lo bueno fue que se creyó todo y me dio permiso.

Como te decía, yo estaba tan emocionado que en cuanto subimos a mi carro, me atreví a tomar su mano sudorosa. Nos miramos a los ojos sin parpadear durante dos minutos completos. Luego le dije que me gustaba muchísimo y que desde el primer día de clase estaba esperando este momento. Ella me contestó que hacía tiempo esperaba que me le declarara, pero como vio que no me atrevía, decidió tomar la iniciativa. Me acuerdo que cuando arranqué el coche le dije que pasaría por algo de beber y comer, pero Angelita no quiso. Me dijo que fuéramos directamente a su casa, ya quería que estuviéramos solos. De repente me jaló del brazo y me besó en la boca, apagué el carro para corresponderle de la misma manera.

En el trayecto a su casa se nos atravesó un hombre medio desnudo que venía corriendo despavorido por las calles. Alcancé a frenar a tiempo para no atropellarlo y sí para insultarlo como era debido; pero el hombre siguió corriendo y esquivando a los autos. Angelita sólo me mencionó que era el loco de su barrio, y sin más comenzó a contarme su historia. Te la voy a decir tal como me la contó Angelita; con la condición de que no se lo contara a nadie, porque si todos se enteraran de la triste historia del loco, la gente le haría más daño y lo humillarían más. Pues resulta que el loco era un muchacho que había sido un apuesto galán, siempre las chicas lo seguían, pero él no hacía caso a ninguna porque ya tenía novia, que por cierto era muy hermosa. Es más, por nada del mundo la cambiaba porque ella lo complacía en todo lo que un hombre puede pedir, comprensión, sexo, y todas esas cosas importantes en el amor. Con decirte que formaban la pareja perfecta, como ésas que pasan en las telenovelas, donde los protagonistas son de catálogo importado. Por eso todo el mundo esperaba la boda del año. Bueno, para no hacértela más larga, un día el loco, que todavía no estaba loco, se enteró de algo verdaderamente horrible. Mejor dicho, algo realmente espantoso. Pues resulta que ella era hija única de dos hombres que eran pareja. Sí, como lo estás oyendo. Ella tenía dos papás. No se sabía si uno de los dos era el papá, si la habían adoptado o, hasta a lo mejor, se la habían robado. Pero el caso es que cuando el muchacho se enteró de esto la abandonó porque ni él ni su familia aceptarían emparentar con semejantes depravados. Bueno, el chiste es que desde el día en que el loco la dejó, ella se volvió medio loca y hasta insoportable, a tal grado, que ni sus papás la soportaban. Por eso, un domingo en la madrugada, cuando el muchacho salió para ir a sus clases, los dos papás lo secuestraron. Él no pudo con ellos porque estos dos hombres eran tan altos y fuertes, que en un dos por tres lo subieron a una camioneta. Lo tuvieron encerrado por varios meses, violándolo todos los días. Después, cuando se cansaron o se aburrieron de tanto abusarlo, lo soltaron en pleno malecón para que lo atropellaran los autos que por ahí pasan volando. No sé si te había dicho que a su familia le gustaba darse baños de pureza y por eso ni de chiste lo aceptaron porque quedó demasiado loco, y agresivo. Así que prefirieron decirles a todos que los narcos lo habían secuestrado y luego matado. Total que al loco no le quedó más remedio que rodar por las calles de la ciudad, sin rumbo fijo.

Este relato de Angelita se alargó lo suficiente como para que no me aburriera en el camino a su casa. Cuando bajamos del auto, yo no contaba que se me aparecieran sus dos papás que ya me estaban esperando impacientemente en su casa. No sabes cómo me sentí al verlos. Al principio quise salir corriendo para que esos gorilones no me atraparan, y hasta los enfrenté a golpes pero de todos modos me cogieron. Hubieras visto, yo gritando como gallina desesperada y la Angelita carcajeándose de mis lloriqueos de niña. El caso es que no me dejaron salir durante semanas o meses, no recuerdo bien. Como ves, ahora estoy libre de nuevo y te puedo contar la triste historia del loco, mientras te llevo a mi casa. Pero como te decía, no se la cuentes a nadie, ni menciones que Angelita me la contó porque entonces sí me matarían.

LOLA Y LAS GORDAS CIBERNÉTICAS

reo que siempre para escribir una buena historia se necesita el amor y el coraje para trasmitir la pasión. Un día estaba en el centro de computación de mi universidad quebrándome la cabeza tratando de inspirarme para escribir un poema para mi clase de composición poética, cuando de pronto aparecieron unas gordas con minifaldas y blusas color neón amarillo, cargando un millón de libros y con cara de querer leerlos todos. Detrás venía una hermosa mujer. El poco maquillaje que usaba traslucía un rostro radiante y su vestido, que le llegaba hasta los tobillos, dejando a mi imaginación todas las curvas que cubría. Esa belleza sin explorar excitó de inmediato mi furia poética.

Para fortuna mía, se sentó cerca de mi computadora y alcancé a oler el perfume natural de su piel. Supe que se llamaba Lola porque así la llamaban sus mantecosas amigas. Las gordas se olvidaron del millón de libros y se refugiaron en los grupos de pláticas del Internet con la única esperanza de conseguir un hombre, ya que era el único medio con el que podían esconder sus elefantiásicas figuras. Lola, balanceando su larga caballera, también se metió al Internet. Yo abrí rápidamente mi correo electrónico y busqué en la lista de usuarios de la universidad el nombre de Lola para enterarme de su número de cuenta. Por suerte sólo había una Lola usando el sistema. Mis instintos me motivaron a escribirle poemas eróticos. No eran los poemas insólitos que quería para mi clase; pero por lo menos ya era algo. En medio de quince minutos ya los tenía listos y los envié por Internet firmados con mi segundo nombre, Pablo, que nunca uso. Mientras Lola los leía, dirigió su mirada de águila hacia todos lados. Sus ojos me miraron por un instante y esto hizo que me sudaran las manos. Deje el teclado de la computadora bien pegajoso. Como no quería que mi nerviosismo me delatara, salí del centro de computo, no sin antes volver a recrearme la pupila con su extraordinaria hermosura iluminada por la luz de su computadora.

Al día siguiente volví al centro de cómputo. Allí estaba Lola junto con sus inseparables mantecosas. Estaban aglutinadas tras una computadora junto con otra gorda que no había visto el día anterior. Era la más extravagante puesto que estaba embarrada a la pantalla carcajeándose de mis poemas. Gritaba con voz de guacamaya que eran de lo más ridículos y cursis que había leído en toda su vida. Pero se notaba que se moría de envida por no haber sido ella la musa. Al mismo tiempo las otras gordas expresaban gran curiosidad por enterarse quién sería el admirador secreto de Lola. Me senté ante una computadora próxima a ellas para escucharlas mejor. Al entrar a mi cuenta electrónica supe que Lola me había contestado.

> Pablo:
> Antes que nada quiero decirle que sus poemas son de los más atrevidos que he leído. Quiero conocerlo, voy a estar en el laboratorio de computación de 10 a 11 de la mañana. Le espero.
> Lola

En ese momento eran las once, pero claro que no me presenté. Creí que era mejor hacerlo cuando Lola no estuviera con sus pesadas amigas. De repente todas se levantaron dirigidas por Lola en estampida y atropellando a todos los que se les atravesaban. Supuse que irían a clase. Aprovechando que Lola ya se había ido le respondí con nuevos poemas eróticos. Al salir del centro de computo vi que las gordas abarrotaban con sus grandes formas la oficina de correo. Entré disimulando que iba a mandar una carta. Entonces fue cuando me di cuenta que Lola tenía un apartado postal porque estaba recogiendo su correspondencia. De reojo vi su número y cuando se fueron le puse en su casillero más poemas eróticos. Al día siguiente había otro mensaje en mi correo electrónico:

Pablo

Le estuve esperando todo el día de ayer. Hoy es la última vez que lo espero para hablar personalmente. Por cierto. ¿Cómo supo el número de mi P.O. Box?

Lola

Le dije que por lo pronto no me presentaría. Quería que conociera primero mis verdaderos sentimientos a través de mis poemas. La verdad es que deseaba enamorarla con mi poesía a través del Internet, pero cuando intenté mandarle otros poemas, descubrí que su cuenta rechazaba mis mensajes. Entonces se me ocurrió pedirle a un amigo su número de cuenta para escribirle a Lola y pedirle que no me tuviera miedo, que no le iba a hacer nada, que lo único que quería era su amistad. Lo recibió, pero tampoco le pude mandar más mensajes porque también bloqueó la cuenta de mi amigo. Pero no me preocupé tanto porque de todos modos le seguí dejando más poemas en su apartado postal.

Eso no fue todo. Al día siguiente me llevé una sorpresa mayor al encontrar en el buzón de mi casa una carta de la universidad que me advertía no volver a acosar a Lola con mensajes indecentes, a riesgo de asumir las consecuencias. Era obvio que se había quejado de mis ímpetus ante la dirección y ellos habían investigado de dónde provenían los mensajes electrónicos. Esto hizo que Lola me cayera gorda y decidí no volver a escribirle más poemas eróticos. Ya no se los merecía. La escuela era más importante que sus desprecios Lo único bueno de todo esto fue que las copias de mis escritos amorosos las guardé para mi clase de creación poética.

Semanas después, por casualidad, me enteré que Lola trabajaba como tutora de redacción. Por eso, me las ingenié para llevarle un reporte final para que lo revisara. Mi intención era pedirle miles de disculpas por haberla hostigado de esa manera y de pasada darle a revisar otros poemas medio eróticos que había dejado guardados.

Logré que me designaran con ella. Lola no sólo leyó mi ensayo final sino también lo que inspiró con su excepcional belleza. Se portó muy profesional, los revisó y corrigió; hasta me sugirió palabras que mejoraban el ritmo de los poemas. Terminó de asesorarme y cuando le iba a dar mis disculpas se levantó rápidamente para irse con el alumno siguiente. De todos modos, salí muy contento porque no se enojó y fue muy accesible, aunque creo que le incomodó el que no le quitara la mirada de encima. El haber estado tan cerca de ella, hizo que mis deseos renacieran, por eso hice otra cita para la siguiente semana.

Faltaban pocos días para volver a contemplarla, pero una nueva sorpresa me esperaba. Una carta de la administración de la Universidad, me pedía que me presentara urgentemente. Habían decidido expulsarme por seguir hostigando sexualmente a Lola. Ese mismo día me botaron. Cuando salía por última vez de la Universidad pensaba en la mala hora en que la había conocido. Me consolé especulando que si Neruda viviera en la época del Internet, hubiera tenido que enfrentar problemas similares a los míos.

Como había perdido la oportunidad de obtener una carrera universitaria y no tenía trabajo, mi mente se ocupó en planear cómo desquitarme de la Lola y de pasada de las malditas gordas. Con el poco dinero que me quedaba fue como contraté los servicios del Internet, pero con nombre y dirección falsos. Por eso, todas las tardes me metía a los grupos de pláticas por Internet donde Lola participaba. Un día descubrí que una de las gordas estaba ligando en el mismo canal de la red. Me di cuenta que era una de ellas porque usaba el apodo de BABY, y en una ocasión escuché a una mencionarlo a las otras en el centro de computo. Así que luego le mandé un mensaje preguntándole cómo era físicamente. Me respondió que era hermosísima, que sus medidas eran perfectas 90-60-90. Le pedí a la gordis que me enviara una foto por el Internet y como supuse recibí una foto de Lola. Entonces le respondí que yo era muy rico, de ojos azules, alto, rubio y, además, que hacía pesas dos horas al día. Se lo demostré mandándole una foto, que no era la mía. Mis mentiras tenían fascinada a la corpulenta jarra de Koolaid. Nos escribíamos un montón de estupideces como: -¿Qué películas ves?, o ¿Cuál es tu color preferido?, ¿Tu cantante favorito? y todas esas babosadas que usualmente conversan los grupos cibernéticos. Luego de estar dos semanas así, la elefanta del ciberespacio ya era mi novia electrónica. En sus mensajes me escribía las mismas ridiculeces de siempre:

-Mi amor, me muero por estar contigo para tenerte, y acariciarte.

-Tú sabes que me interesas mucho y me encantaría estar muy cerca de ti; y a ti, ¿Te gustaría?

- Tuya, tuya, tuya BABY

Después de varias semanas de aguantar las toneladas de aquel noviazgo la convencí que nos conociéramos personalmente en la disco "Microchip".

PRELUDIO NO. 13

Siempre en la academia de música escuchábamos el preludio 13 de una manera excepcional, sin saber quien la interpretaba. Un día nos avisaron a Cecilia, mi mejor amiga, y a mí, que nos preparáramos para presentar la audición de piano que determinaría si quedábamos aceptados en el departamento de música. Los dos queríamos ser concertistas. Yo sabía que Cecilia no iba a tener problemas, porque desde niña tocaba el piano magníficamente y había tenido la oportunidad de asistir a las mejores academias de música. La conocí hace dos años en los cursos básicos de música y desde entonces nos hicimos amigos inseparables. Siempre tomábamos las mismas clases y nos ayudábamos cuando teníamos problemas con alguna pieza. La audición la realizaría un jurado integrado por profesores y el director del departamento. Era muy importante que pasáramos la prueba porque sólo teníamos una oportunidad de ser escuchados.

Yo había pensado en El preludio No 13 de Chopin para mi audición, porque era una de las piezas más bonitas y difíciles de interpretar en el piano. Por lo general, el estudiante que logra tocarla bien queda automáticamente aceptado. Al comentárselo a Cecilia, ella me dijo:

- Yo ya escogí esa pieza para mi audición. Más vale que te busques otra porque el jurado no quiere que toquemos las mismas.

- - ¿Por qué no tocas mejor la Sonatina No 6 de Mozart? Es una melodía que va más de acuerdo con tu estilo - le sugerí en tono de súplica.

- No, yo ya empecé a ensayar el preludio de Chopin. - terminó tajantemente.

Al principio estuve muy molesto y no me quedó más remedio que practicar la Sonatina No 6. Como también era una pieza difícil, tenía que quedarme a ensayar todos los días hasta tarde en los pequeños cuartos de piano que tiene la universidad. Una tarde, después de haber practicado dos horas, decidí tomar un descanso, pero al caminar por los larguísimos pasillos del edificio empecé a escuchar el Preludio No 13. Pensé que Cecilia estaba practicando en alguno de los cuartos, aunque era difícil que estuviera ensayando aquí porque tiene un piano de cola en su casa. Confundido, empecé a buscarla de cuarto en cuarto y en los salones de música. Era difícil ubicar dónde se producía la melodía porque cambiaba de modulación frecuentemente. Me asomaba por las ventanillas de las puertas pero la mayoría de los cuartos estaban vacíos y otros estaban ocupados por estudiantes que apenas empezaban a aprender a teclear el piano.

Dejé de escuchar las notas pero seguí buscando a Cecilia. Sólo encontré a una muchacha de tez blanca, alta y delgada que salía del baño de hombres con una escoba, un trapeador y varias botellas de detergente. Cuando le pregunté sí había escuchado la melodía, me respondió que no había oído nada. Pero recargó sus utensilios de aseo en la pared para contarme que en las noches cuando todos ya se habían marchado, escuchaba que alguien tocaba el piano. No sabía si era un estudiante o el espíritu de la muchacha que se suicidó hacía años en uno de los cuartos de piano, porque había reprobado la audición. Me comentó que la joven suicida estuvo ensayado días y días hasta memorizar y perfeccionar el Preludio. Pero llegado el momento, los nervios la traicionaron y su audición fue un fracaso. Luego la encontraron colgada de una lámpara en uno de los cuartos de piano.

Al día siguiente le conté lo ocurrido a Cecilia pero me dijo que la historia de la ahorcada era muy vieja y todo el mundo la conocía. También me dejó claro que ella no creía en los fantasmas. Pero sí me contó que en esos últimos días no había podido concentrarse bien en el preludio ya que se había peleado con su novio. Estaba muy preocupada debido a que él se había enojado porque ella prefería quedarse en casa practicando piano que salir con él. A su novio ya me lo había presentado. Me cayó mal porque se notaba que era muy celoso. Parecía que él creía que yo andaba tras de Cecilia. Ella me dijo que él no estaba de acuerdo con que estudiara piano debido al tiempo que le dedicaba, y estas diferencias hacían que ellos discutieran constantemente.

Pero en ese momento a Cecilia le importaba más pasar la audición que su novio y estaba decidida a dejarlo si la seguía distrayendo de sus ensayos. La conversación que sostuve con Cecilia hizo que me encerrara todos los días en los pequeños cuartos de piano para perfeccionar mi Sonatina, puesto que yo también había estado distraído por la historia de la ahorcada.

Una noche, mientras practicaba, volví a escuchar el Preludio No 13 interpretada de forma magistral con un ritmo lento, casi tenebroso. La particular entonación me perturbaba mucho. A veces dejaba de ensayar mi sonatina para buscar a la persona que estaba interpretándola de esa manera excepcional. Pero nunca encontré a nadie. Les preguntaba a mis compañeros que se quedaban a ensayar si la habían escuchado, pero jamás oían nada. "Ha de ser la ahorcada, decían burlones. Y aunque al principio sentía miedo practicar en ese lugar, no tenía otra alternativa para ensayar ahí. Así que decidí no prestarle atención a esa canción, porque ya no podía descuidar mis ensayos.

Una noche, cuando ya tocaba mi sonatina de principio a fin sin interrupciones, sentí que alguien me espiaba por la ventanilla. Me levanté rápidamente para investigar, pero no vi a nadie. El pasillo estaba desierto.

Caminé por los pasillos del edificio y me detuve frente a un cuarto de música que tenía un papel tapando la ventanilla de la puerta. Decidí entrar. Estaba a oscuras y vacío. Al encender la luz me encontré con la sorpresa de que la partitura del Preludio No 13 estaba hecha pedazos por todo el salón. Recogí algunos trozos y abandoné el edificio muerto de miedo. Al día siguiente llamé a Cecilia por teléfono para contarle mi hallazgo. Me sorprendí cuando me dijo que hacía algunos días había perdido su partitura y tuvo que comprar otra. No le dio mucha importancia al asunto porque ahora ella estaba más preocupada por sus conflictos con el novio que por la partitura rota pero eso si me dijo:

- A lo mejor fue alguien que se la robó porque tiene mucha envidia de que yo vaya a tocar esa melodía en la audición. Luego dejó el tema y me habló de su novio.

- Ya terminé con él, se enojó porque paso más tiempo con el piano que con él. Pero me sigue llamando a mi celular todos los días. No lo contesto porque me la paso ensayando día y noche hasta que perfeccione el Preludio.

- No te preocupes, ya sabes que así es esto del arte. Cuando te acepten en el departamento, vas a conocer a chicos que también estén metidos en el ambiente de la música.

Llegó el día en que Cecilia iba a presentar su audición. Vestía un largo vestido blanco y llevaba el pelo suelto. Estábamos en el auditorio, detrás del telón Cecilia se encontraba muy nerviosa. Iba y venía por el pasillo que lleva a los camerinos. Me asomé entre las cortinas y vi que en primera fila se encontraba el jurado. Detrás de ellos estaban los familiares de Cecilia y algunos de nuestros compañeros de música que seguro venían a apoyarla. Pero me sorprendí que cerca de la pared izquierda del auditorio estaba sentado el ex-novio de Cecilia. En mal momento le dije que su ex estaba allí. De inmediato puso cara de susto, parecía una sábana blanca. Cecilia se asomó entre las cortinas. Al verlo, se puso más nerviosa y me dijo que no podría con la audición. El jurado hizo una seña de que ya era tiempo de que Cecilia saliera al escenario. Me acerqué a ellos para decirles en voz baja que esperaran un minuto.

Volví con Cecilia para llevarle una Coca Cola y la senté en una silla. Alcanzábamos a oír los murmullos de la gente. Esto hizo que Cecilia se pusiera más nerviosa. Cuando pensaba que no había más remedio que cancelar su audición, Cecilia se levantó de un salto y me dijo:

- No voy a dejar la oportunidad de mi vida por un imbécil. Inmediatamente después salió a entregarles su talento. Todos aplaudimos para darle ánimo. Ella se veía bellísima ante el gran piano de cola. El piano y las cortinas negras hacían resplandecer la figura de Cecilia delineada por el vestido blanco. Interpretó el Preludio No 13 de una manera fantástica. La melodía que siempre escuchaba en los pasillos, no era nada ante la ejecución de Cecilia. Al finalizar, toda la gente se levantó emocionada para aplaudir acaloradamente. El jurado también estaba de pie y aplaudía con una gran sonrisa en las caras. Cecilia se inclinó delicadamente para dar las gracias. Su familia y sus amigos corrimos al escenario para felicitarla. Al verla tan feliz y rodeada de los profesores le tuve envidia de la buena. En ese momento se acercó su ex-novio, y cuando Cecilia lo vio, nos pidió que los dejáramos solos:

Se metieron detrás de las cortinas y para no hacer mal tercio fui a practicar porque al siguiente día era mi audición. Ensayé una y otra vez la Sonatina No 6 hasta que anocheció. Entonces volví a escuchar el Preludio

No 13. Supe que no era Cecilia porque a esta interpretación le faltaba todo el sentimiento y pasión que le daba mi amiga. Pero de todos modos seguí el sonido de la música. Esta vez noté que venía del auditorio. Sin embargo, mientras más me acercaba la música se iba debilitando hasta que desapareció antes de que yo llegara al auditorio.

Volví a encontrar a la muchacha de la limpieza aseando el salón de presentaciones. Le pregunté por la música.

- ¿Cuál música? Está alucinando otra vez. Eso le pasa por estar tanto tiempo encerrado en esos cuartos tan pequeños. Yo nomás estoy limpiando el auditorio. Mire cómo me lo dejaron sucio. - me dijo enseñándome un bote de Coca Cola.

Mientras regresaba al cuarto de práctica, sentí como si ella me estuviera siguiendo, pero al volver la mirada, no la encontré. Sólo vi mi propia sombra reflejada en la pared del auditorio. Me encerré en un cuarto de piano y tapé la ventanilla con una de mis partituras para que nada me molestara y pudiera concentrarme en la Sonatina, pero no pude hacerlo.

Llegó el momento de mi audición y mis nervios estaban a punto de estallar. El jurado, mi familia y mis amigos estaban ahí para escucharme. En esos momentos me sentía más nervioso que Cecilia. Pensaba que el sudor de mis manos haría resbalar mis dedos por las teclas estropeando mi sonatina. Además, era muy extraño que Cecilia no me acompañara. Pero yo sabía que ella siempre me apoyaba aunque no pudiera estar conmigo.

Salí al escenario muy nervioso. Lo primero que vi fue que el piano de cola se encontraba con la tapa cerrada. Cuando la levanté, quedó al descubierto el cuerpo de Cecilia apretujado entre las cuerdas. Toda la gente se levantó de sus asientos. Algunos abandonaron el salón del susto. Otros se quedaron de pie, con la boca abierta, viendo cómo una de las largas manos de Cecilia colgaba del piano.

La familia de Cecilia declaró a la policía que la habían visto por última vez con su ex-novio. Yo les comenté que la última persona que había visto en el auditorio fue la muchacha encargada de la limpieza. El director del departamento dijo que no tenían a ninguna persona de aseo durante la noche. Todas trabajaban por la mañana y al mediodía. A la policía le describí a la muchacha de aseo que había visto. Al oírme, el director dijo que coincidía con la descripción exacta de la chica que se había ahorcado hacía años. Inmediatamente después les conté la historia del Preludio No 13 que siempre se escuchaba.

CASA ULTRAJADA

De repente, sin saber porque me encontré en una sala de operaciones rodeado de doctores y enfermeras. No recordaba que había ocurrido. A pesar de tener los ojos cerrados me encontré con una luz intensa que se me clavó en las pupilas y me trasladó a un sueño donde yo estaba regresando de la primaria con mi amigo Beto. Era dos años menor que yo y vivíamos en el mismo barrio. Todos los días pasábamos por una casa vieja que parecía habitada por fantasmas. Esa casa era de dos pisos con muros grises y puertas y ventanas grandes. Para llegar a la puerta principal se debía subir por unos viejos escalones. Parecía que estaba abandonada porque afuera había una abundante maleza de arbustos secos. Yo quería entrar pero Beto tenía miedo; de todos modos al final logré convencerlo.

Sin hacer ruido subimos los escalones que conducían a la entrada. Rondamos el exterior de la casa hasta que encontramos una ventana con el cristal medio roto. Lo terminamos de quebrar para meternos. Una vez dentro, percibimos un olor a sufrimiento. Las habitaciones nos llenaban de incertidumbre. Los periódicos y papeles formaban un mar de basura, y las paredes descarapeladas se escurrían en añicos. En medio de la casa había una escalera de caracol que se enroscaba como si tuviera miedo de algo. Queríamos subirla pero vimos que algo brillaba en el tercer escalón. Nos acercamos y descubrimos que era un arete. Lo íbamos a recoger cuando escuchamos unos pasos en la planta alta que hacían rechinar el piso de madera. Al alzar la vista vi que unas piernas bajaban por la escalera de caracol.

Corrimos hacia la puerta principal pero estaba cerrada y no pudimos abrirla. Los pasos cesaron y atrás de nosotros apareció un viejo harapiento que extendía sus brazos para atraparnos. Beto y yo logramos escabullirnos entre sus piernas. No sabíamos por dónde escapar, porque el pasillo de la casa era un laberinto sin salida. Hasta que encontramos la ventana por la que habíamos entrado. Salí de un salto, pero cuando Beto estaba a punto de hacerlo, el viejo lo agarró de un pie y lo volvió a meter. Al ver que Beto no salía, corrí hasta mi casa para avisarle a mi mamá. Cuando fuimos al lugar encontramos a Beto afuera de la casa. Estaba pálido y tambaleante. Le preguntamos qué había pasado pero no contestó. Parecía que estaba mudo. El viejo harapiento había desaparecido. No lo encontramos por ningún lado. Rumbo a mi casa, Beto decidió hablar y me dijo en voz baja que el viejo lo había violado.

Después de ese suceso, Beto cambió mucho, era muy serio y ya no tenía ganas ni de jugar. Siempre trataba de estar con él para animarlo y ayudarlo a olvidar. Pero era en vano, su mirada se ahogaba en la mía. Un día mi mamá decidió mudarse de la ciudad. Cuando se lo dije a Beto, él me respondió con una vocecita quebrada que por favor no lo dejara solo, que yo era su único amigo. Le prometí que en las próximas vacaciones regresaría a visitarlo. Pero no pude cumplir mi palabra.

Regresé después de quince años, luego de la muerte de mi madre. Busqué una habitación en un hotel, pagué una semana por adelantado y me entregué a reconocer mi ciudad. Caminé por la plaza mayor y por la catedral. Seguí rumbo al barrio donde vivía, pero encontré en su lugar un centro comercial. Vagué entre las calles hasta que me detuve frente al establecimiento de revistas que frecuentaba cuando era niño. Ya me marchaba, cuando mi mirada se entrelazó con la de una mujer hermosísima. Su cuerpo era exquisito y apenas lo cubría con un diminuto vestido rojo que dejaba ver sus torneadas piernas y que hacía juego con su cabellera roja.

Regresé para hojear otra revista pero lo que quería era ojearla a ella. Cuando volví a mirarla sentí que no le era indiferente porque me sonreía. Me acerqué a ella con el pretexto de tomar otra revista y comenzamos a conversar. Se llamaba Verónica. No perdí la oportunidad y le invité a tomar una copa. Después de aquella noche empezamos a salir al cine, al parque y a una disco que antes había sido la residencia de una vieja estirada. Ese día, mientras bailábamos muy pegaditos, sentí que me estaba enamorando. Luego la besé.

Al día siguiente pasó por mí para invitarme a cenar a su casa. Al llegar al lugar, me percaté que era la casa a la que había jurado no regresar nunca. Dudé en entrar. Me daba terror volver a enfrentarme a ese lugar, pero el deseo por ella me convenció. La casa estaba llena de rosas rojas, que después me di cuenta que eran artificiales. Los sillones eran de piel y todo el interior estaba decorado en rojo. También la escalara de caracol estaba alfombrada de color rojo.

Al salir de la casa para regresar al hotel, en la esquina de la cuadra donde vivía Verónica se encontraba el viejo harapiento. Lo reconocí de inmediato, jamás iba a olvidar su rostro. Asustado regresé a la casa de Verónica y le pregunté sobre el viejo y me dijo que él rondaba la casa porque aseguraba que le pertenecía.

No pude dormir. Tenía grabada la imagen del viejo. Esa noche, Verónica llamó por teléfono para invitarme a quedarme en su casa, pero decidí que no era conveniente. Aunque sentía que la amaba, era más fuerte el miedo de encontrarme con el viejo. Pero Verónica pasó por mí al hotel y no pude negarme. Al llegar a la casa me instaló en una recámara grande que estaba en el primer piso. Después descansamos un momento viendo la televisión y sin darnos cuenta, acabamos besándonos. La acariciaba pero Verónica no me dejaba llegar más allá de los besos. Dijo que era muy pronto para tener relaciones. Esa misma noche, luego de intentar dormir por varias horas, sentía que el viejo harapiento estaba rondando la casa, decidí que necesitaba estar cerca de ella, abrazarla que me protegiera de ese miedo que se respiraba en esa casa. Subí las escaleras de caracol, entré en su habitación, y en medio de la oscuridad busqué su cuerpo. Me acosté a su lado y comencé a besarla. Ella despertó asustada. Trató de zafarse, pero yo seguí acariciándola. Poco a poco fue sumergiéndose en mis besos y en mis caricias. Le subí el camisón para recorrer sus piernas con mis labios, pero cuando intenté llegar a su vientre descubrí que Verónica era un hombre. Me asusté tanto que salté de la cama. Quedé sin habla y sin saber qué hacer. Verónica aprovechó mi silencio para decirme que era Beto y que desde niños me amaba, que siempre estuvo esperando mi regreso, pero yo no había cumplido mi promesa.

Me quedé pasmado. Decidí que no podía quedarme ni un minuto más en esa casa. Sin decir nada, me dirigí a mi habitación para recoger mis cosas. Verónica me alcanzó con una pistola en la mano. Me amenazó con matarme y luego suicidarse si intentaba dejarla otra vez. Me dio miedo que cumpliera su promesa. Para calmarla un poco le dije que me quedaría. Me acerqué para quitarle el arma pero ella me abrazó desesperadamente. Me dijo que me amaba y que no la dejara jamás. La conduje a su cuarto y le prometí que hablaríamos al día siguiente, cuando estuviera más tranquila. Cuando me aseguré que estaba profundamente dormida, fui por mis maletas y salí apresurado de esa casa sin hacer ningún ruido.

Al salir, volví a encontrar al viejo harapiento en la esquina. Estaba sentado, envuelto en periódicos. Al verlo sentí ganas de matarlo a golpes, porque lo consideraba culpable de todo lo que me estaba ocurriendo. El viejo notó mis ojos llenos de odio y trató de levantarse pero sus piernas se enredaban con el periódico. Sus manos carcomidas por la mugre no podían sostenerlo. Cuando se levantó, nos miramos petrificados, en ese momento vi que sus ojos eran iguales a los míos. Un portazo me hizo voltear y vi a Verónica salir corriendo de la casa con pistola en mano. Se detuvo junto a nosotros, miró fijamente al viejo y después a mí mientras nos apuntaba con la pistola. De repente la dirigió contra mí y disparó.

Desperté. Los médicos me dijeron que había salido muy bien de la operación. Les pregunté qué me había pasado y me explicaron que una bala había rozado mi cabeza. Todo indicaba que un señor de edad avanzada me había asaltado, llevándose mi cartera y mis pertenencias. Me dijeron que no tenían ninguna información mía y necesitaban saber cómo me llamaba, pero yo no supe qué contestar. Solamente recordaba el sueño.

Cuando me dieron de alta una semana después, me dediqué a buscar esa casa. Iba reconociendo la ciudad y sus calles, sabía que ya había estado allí, pero nunca tenía éxito: parecía que la casa sólo existía en mi sueño. Una noche el cansancio me desorientó y seguí los pasos de la luna. De repente, al dar vuelta en una esquina, la casa apareció frente a mí. Corrí hacia ella, subí rápidamente los escalones y toqué varias veces, pero nadie me abrió. Me asomé por una ventana pero las cortinas no me dejaban ver, entonces rompí el cristal para meterme. La casa estaba completamente deshabitada, ni siquiera tenía muebles. Subí la escalera de caracol y tampoco había nada en los cuartos del segundo piso. Abrí el closet y en un casillero me encontré con lápices labiales, cepillos y un par de aretes que tomé porque sabía que eran de ella.

LA CHICA DE MODA

Desde muy niña yo quería ser una actriz hiper famosa y por eso decidí entrar a la mejor academia de arte dramático. El caso fue que mi papi casi me prohíbe entrar cuando se enteró de que no iría a la uní. Pero para nada que lo pelé y me inscribí sin su aprobación. O sea, mi mami fue tan buena onda que pagó los cursos, porque ella sí me veía madera de mega actriz. Desde los seis años ella me había metido a clases de ballet y danza folklórica, pero no duré mucho porque me daba flojera y, aparte, que a mí se me hacía más súper increíble la onda de actuar. Pero cuando entré a los cursos de actuación me encontré con un ambiente tan pesado pero tan pesado. Había un chorro de presumidas que se creían reinas, que en realidad eran unas nacas-fresas. Claro que las favoritas de los profesores eran unas chavas corrientes que parecían cabareteras porque se vestían súper escotadas para que las pelaran. Y por supuesto, esas nacas presumidas no tenían nada que ver con la actuada. Creían que el apuntador las iba a convertir en grandes estrellas. Lo que más me chocaba era que algunas ya hasta habían grabado comerciales o algún capítulo de alguna telenovela. Lo bueno era que, como estaban empezando, les daban los papeluchos de gatas, y como no sabían nada de actuación pues sólo hacían el oso. Pero de todos modos esas güeras oxigenadas ya se creían las Marlyn Monroe del dos mil. Bueno, después de dos años de haberme aguantado, salí por fin de esos cursos que, claro, no me sirvieron para nada. Eso de la actuada yo lo traigo en las venas.

El caso es que por meses estuve audicionando para pelis y telenovelas, pero nunca me llamaron ni para hacerla de sirvienta. Siempre elegían a las nacas-fresas de escotes pronunciadísimos que dejaban al aire sus jamones inyectados. Creo que estuve más de un año asistiendo a todo tipo de entrevistas, audiciones y esperando en largas filas, por miles de horas, pero nunca me llamaron ni de extra. Al principio mi mami me acompañaba porque creía que había muchos viejos rabo verdes en este ambiente; pero después le dije que por favor ya no me acompañara. La onda era que a lo mejor no me escogían porque ella siempre se me pegaba a todos lados. O sea, ya me sentía ultra desesperada que ya estaba dispuesta a rebajarme y acostarme con cualquier viejo con tal de que me dieran alguna oportunidad para la tele, el teatro, o de perdis para anunciar calzones en alguna revista. Pero no, ni siquiera para los acostones me llamaron. Lo que me sacó más de onda fue que mis ex-compañeras, las nacas y las inyectadas que no sabían actuar, ya habían conseguido trabajo en papelitos para la televisión o hasta en pelis. Pero no me di por vencida y seguí tocando puertas.

Ya estaba harta. Mi papi me recordaba a cada momento que no debí haber estudiado esa profesión que sólo era una pérdida de tiempo. Siempre salíamos de pleito por eso. Así fue que se me ocurrió algo súper increíble que me haría ultra famosa y demostraría a esas nacas que se creen actrices y a todo el mundo que uno siempre logra lo que se propone. Pues resulta que renté un depa y no regresé a mi casa. Mis papis hicieron un escándalo mundial con mi desaparición. Cuando menos lo esperaba, me encontré volantes y hasta postes pegados por todos lados anunciando mi búsqueda. Era padrísimo ver hasta dónde habían llegado mis fotos: estaban en los restaurantes, escuelas, discotecas, bares, iglesias, en los postes de luz, en los galones de leche, en los botes de basura, en el internet y hasta en los baños públicos. Lo bueno fue que escogieron una foto en la que lucía mi mejor pose. También era padrísimo que no se dejaba hablar de mí en la tele, en la radio y hasta en los periódicos. En fin, está loca publicidad ya la quisiera Madonna para su nuevo disco. O sea, ya era tan, pero tan famosa que tenía que salir disfrazada a la calle. Lo que me sacó muchísimo de onda fue que un día me encontré un volante donde me habían pintado bigotes y barbas, pero ni modo, es el precio que tenemos que pagar todas las famosas. Nunca me imaginé que toda esa publicidad llegaría a conmover tanto al público, a tal grado, que todo el mundo comentaba mi desaparición y hasta participaron en mi búsqueda que organizaron en los lotes baldíos. Lo bueno es que mis papis tienen dinero, porque si no pasaría desapercibida como esas cholas de fabrica que se desaparecen todos los días y ni a quién le importe.

En las noches que estaba sola en mi depa, pensaba en el día de mi glamoroso regreso, porque sería el gran día en que yo entraría en acción con mi formidable actuación. O sea, que todo el mundo se iba a tragar la mentira de que escapé de unos nacos secuestradores. Les contaría que cuando me dirigía al mall, unos cholos apestosos me secuestraron y me mantuvieron cautiva nomás a puro pan y agua. Y sería padrísimo cuando les contara que logré escapar cuando golpeé a uno con una silla y le quité la pistola para amenazar a los otros que me dejaran ir. De seguro todos los reporteros me suplicarían por una entrevista. O sea, ya veía mi súper increíble historia en una peli o por lo menos en un talk show. Es más, convencería a los productores de ser yo la actriz principal para darle más realismo a la peli.

Hasta que un día que estaba esperando a que saliera la noticia de mi búsqueda en el noticiero nocturno, lista para grabar el show, me saqué de onda al escuchar a la conductora del programa decir que mi mami también había desaparecido porque salía cada noche y día para buscarme. Entrevistaron a mi papi que estaba llorando, era la primera vez que lo veía llorar y que lo veía en la tele, dijo que ya llevaba tres días que no sabía nada de mi mami, y dos meses de mí, y secándose las lágrimas dijo que esperaba que estuviéramos juntas. ¡WOW! No podía creer lo que acababa de ver. En cuanto se acabó el reportaje me lancé de volada a mi casa para saber qué era lo que había pasado, porque ésos de la tele nomás les dan medio minuto de información a las noticias más importantes y también exageran todo. El caso fue que cuando mi papi me vio de nuevo en casa se alegró muchísimo. Me preguntó que dónde había estado todo ese tiempo, pero le contesté preguntándole dónde estaba mi mami. No sabía nada, sólo me dijo que la policía ya estaba buscándola. Claro que yo quería que también pusiéramos anuncios por todos lados y contratáramos a un investigador privado, pero me dijo que eso no era posible porque ya se había gastado todo su dinero en mi búsqueda. O sea, que no nos quedó otra más que salir todas las tardes a buscarla porque la policía parecía que no hacía nada. El caso fue que cuando las noticas se enteraron yo ya había aparecido, no fueron para enviar ni siquiera a un reportero para que me entrevistará. Yo que todos los días me peinaba y me maquillaba muy fashion por si llegaba algún reportero pero nunca llego nadie, ahora todas la noticias son sobre una hija de un importante empresario que apenas ha sido secuestrada.

Después me enteré que una radio difusora se atrevió a decir que me había desaparecido porque estaba en un centro de rehabilitación por drogadicta. O sea, me sentí mal pero tan mal que me solté llorando todo el día porque mi dignidad había sido pisoteada ante todo el mundo. Claro que cuando decidí ir a la radio difusora para aclarar esas cosas, ya nadie me peló porque ahora andaban vueltos locos por la noticia de esa chica, hija del empresario que acababa de ser secuestrada.

De esta historia ya pasaron más de dos años. A mi mami nunca la encontramos y como yo tenía que volver a lo mío y mi papi ya estaba insoportable, pues por eso me vine para Hollywood, y porque aquí, sí la voy hacer en las pelis. Sin ser simplemente una llamarada de petate como aquella vez.

MI ÚLTIMA CARTA DE AMOR

 **i amor:**

13 de marzo de 1993

Te sorprenderás al recibir esta carta. Te escribo porque este el único medio que he encontrado para comunicarme contigo y desahogar el sufrimiento que no me ha dejado dormir desde la última noche en que nos vimos. Es tanto el dolor que siento que no sabría cómo decirte la verdad en persona; por eso he decidido escribirte con el más grande temor que he sentido en mi vida. Hoy se cumplen seis meses de haber terminado nuestro noviazgo y todavía no puedo acostumbrarme a la idea de esa cruel separación porque aún te amo. Tomé la determinación de ser yo quien terminara nuestra relación, porque hace varios meses me enteré de que tengo SIDA y no quiero que sufras por mi enfermedad y menos trasmitirla. Por eso, con esta carta te pido que me perdones por aquella noche en que te dije adiós. Recuerdo que en ese momento te hice sufrir demasiado al no darte ninguna explicación, aun cuando me suplicabas que te dijera si habías fallado en algo. Pero no, tú siempre fuiste muy tierna y cariñosa, yo fui el que falló por haberte sido infiel con cualquier mujer que conocía, pero mi naturaleza de hombre me hacía sentir esa necesidad sexual que tú nunca permitiste que se consumiera hasta que nos casáramos.

Viki, en estos momentos de desesperación es cuando más me haces falta, especialmente tu ternura y tu amor. Extraño tanto nuestros ratos juntos y me siento tan lleno de remordimientos en medio de tanta oscuridad y silencio que hay en mi habitación. Si pudiera regresar el tiempo te juro que no cometería los mismos errores. Desde que me enteré que tengo SIDA he querido suicidarme varias veces, pero me he detenido porque pienso en mis padres que me han dado todo su amor y su cariño. También han costeado mí educación universitaria y hasta me han concedido todos mis caprichos. A mí no me preocupa la muerte, ni le tengo miedo. Lo que me importa son mis padres: tienen todas las esperanzas puestas en mí y no los puedo defraudar con mi suicidio. Tampoco quiero que sufran cuando se enteren de mi enfermedad.

Viki, me siento muy mal, no sé qué hacer ante esta situación. Pero no tengo otra salida. Por eso he tomado una decisión definitiva que acabará con todos mis problemas. Esta misma noche, sin que nadie se dé cuenta, pondré veneno en la comida para que cuando mi familia esté reunida en la cena, juntos abandonemos esta vida. Tú sabes que somos una familia muy unida, que siempre estamos juntos en las buenas y en las malas, y que mis padres darían la vida por mí, y yo por ellos. Por eso, voy a hacer esto. Es muy probable que cuando termines de leer esta carta, ya no puedas hacer nada y estemos muertos. Espero que seas la primera en encontrarnos para que puedas despedirme con un beso.

Te ama y te amará por siempre.
Raúl.

ENTUMBALO

Desde que el abuelo llegó, Jorgito y su hermano mayor vivían muy tristes. Cuando querían salir a jugar fútbol con la pelota que les habían reglado en Navidad, el abuelito siempre se los impedía y no los dejaba asomarse ni a la esquina. Tampoco soportaban sus regaños y mucho menos los cintarazos del abuelo. Por eso, empezaron a escapárseles por la puerta de atrás mientras el abuelito tomaba su siesta. Jorgito y su hermano jugaban en un cementerio que estaba cerca de la casa. Al principio se metieron para ver si descubrían un fantasma o un zombi de ésos que salen en las películas de terror; pero nunca tuvieron la suerte de ver uno. En cambio encontraron el espacio suficiente para jugar fútbol y poder utilizar las cruces como porterías. Cuando se cansaban construían agujeros o caminitos en los montones de tierra donde se encontraban los muertos recién sepultados. Al regresar a la casa, después de pasarse todo el día jugando en el cementerio, su abuelito ya los esperaba con el cinto en la mano para castigarlos. Los cintarazos casi siempre le tocaban al hermano mayor, porque no dejaba que el abuelo golpeara a Jorgito.

Un día, mientras jugaban a brincar de sepulcro en sepulcro, les extrañó que empezara a llegar mucha gente elegantemente vestida. No comprendían que aquello era un sepelio, ya que nunca habían visto uno. Se acercaron a la reunión y se sorprendieron al notar que las personas de negro se abrazaban y se consolaban unas a las otras. Les asombró más el descubrir un pilar de flores sobre la tumba del recién enterrado y aprovecharon para recoger unos ramilletes para regalárselos a su madre. Sin embargo, al presentarse con las flores, el abuelito los golpeó con el cinto como nunca lo había hecho antes porque pensó que las habían cortado del jardín de los vecinos. Desde ese día en que presenciaron el entierro, decidieron frecuentar diariamente el cementerio para ver si se topaban con otro. Una vez se colaron hasta el borde de la fosa para contemplar al difunto en su ataúd y se maravillaron al descubrir que era una mujer vestida elegantemente como si fuera a concursar en un certamen de belleza.

Una tarde cuando el abuelo no durmió su siesta. Lo vieron poner un candado a la puerta de atrás porque se dio cuenta de sus escapadas al cementerio. Le extrañó que todos los días llegaran con montones de flores para su mamá. Después de tres semanas encerrados y aburridos por no hacer nada, decidieron planear la muerte del viejo para poder participar en un cortejo fúnebre como los que habían visto. La ceremonia serviría para reunir a la familia y jugar fútbol en el cementerio con los primos que nunca los visitaban. Esa noche no durmieron por el entusiasmo que les generaba la idea de vestirse muy elegantes. Probablemente también le llevarían al abuelo mariachis para que le tocaran las Golondrinas, como lo habían visto en otros entierros.

Sabían que su abuelito tenía una pistola muy vieja escondida en una gaveta. La vieron una vez que se metieron a su cuarto a esculcarle sus reliquias. Un día, cuando el viejito fue al baño, los chiquillos decidieron adueñarse de la pistola para matarlo. Se apostaron frente a la puerta para dispararle en cuanto saliera. Después de quince minutos decidieron sentarse en el piso a esperarlo. De repente la puerta del baño se abrió. El hermano mayor se levantó de un salto y en cuanto vio al abuelo jaló el gatillo sin resultado porque no le había quitado el seguro a la pistola. El abuelito muy enojado se la arrebató de un manotazo y le despedazó la cabeza de un disparo. Jorgito quiso escapar al observar la laguna de sangre que se expandía por la alfombra, pero su abuelito lo detuvo del brazo para exigirle que nunca dijera a nadie lo que había visto. Si lo hacía, sería aún más cruel a la hora de matarlo. Cuando lo soltó, Jorgito corrió llorando por las escaleras para encerrarse en su recámara. El abuelito contó a los padres y a la policía que el niño había tomando la pistola y se había pegado accidentalmente un tiro. Cuando le preguntaron a Jorgito de lo sucedido, él únicamente asintió con la cabeza.

En el entierro de su hermano, Jorgito se mantuvo llorando al pie de la tumba con la mirada fija en el féretro. Ese día no tuvo ánimos para jugar con sus primos a pesar de que todos estaban a su lado. Ese mismo día empezó a comprender el significado de las flores, del color negro, de los abrazos y de la muerte. Lo que no entendió fue por qué todos le aseguraban que algún día volvería a reunirse con su hermanito.

A partir de ese día Jorgito visitaba todas las tardes la tumba de su hermano para conversar con él y dejarle flores ajenas en su sepulcro. Le decía que lo necesitaba para que lo defendiera de su abuelo y que esperaba con ansiedad el momento en que estuvieran juntos otra vez. Desde la muerte de su hermano, Jorgito se convirtió en un niño solitario y temeroso. Pasaba encerrado en su cuarto. Dormía con la luz encendida y siempre se mantenía a la defensiva con un bate de béisbol debajo de la almohada por si aparecía el abuelo.

Transcurrieron diez años, su abuelo todavía vivía, nunca se enfermaba, parecía el más sano de la familia. Durante todo ese tiempo, Jorgito permaneció encerrado en su habitación, solamente salía para ir al panteón y a la escuela. A los dieciséis años todavía dormía con el bate y con la luz prendida. Un día, al regresar de la escuela, su mamá le llamó por teléfono para decirle que se encontraba en el hospital acompañando al abuelito porque estaba enfermo. Ese día Jorgito se la pasó rezándoles a todos los santos para que se muriera; pero el viejo permaneció dos meses más en el hospital sin dar señales de agonía. Una mañana, Jorgito vio a su madre llorando. Por fin, el abuelo había muerto. Aquella noche durmió contento, con la luz apagada y con el bate en el clóset. Lo que no le gustó fue que sus padres decidieron enterrar al abuelo al lado de su hermano.

Al regreso del panteón, la madre de Jorgito se encerró en la recámara del abuelo y no salió durante toda una semana ni para comer. Por eso, una noche, Jorgito entró a la habitación del abuelo para tranquilizar a su madre. Le dijo que el abuelo fue el que había destrozado la cabeza a su hermano. Enojada, su madre no le creyó, le respondió que lo único que había hecho su abuelo en sus últimos años era cuidarlo y quererlo para que ahora mal agradeciera su cariño. Jorgito le contestó que más bien había sido él quien tuvo que cuidarse del viejo durante todo esos años.

Un día antes de Navidad, cuando ya se empezaba a sentirse el frío, Jorgito se arrodilló ante la tumba de su hermano para contarle todo lo sucedido. De repente percibió una mirada que le produjo miedo. Volteó varias veces a buscar el origen de la mirada, pero el panteón estaba completamente vacío. Se levantó de prisa y decidió regresar a su casa antes de que llegara el frío de la noche; pero en el camino sintió que alguien lo venía siguiendo. Volteó intempestivamente y advirtió una sombra que se deslizó entre las paredes hasta desaparecer. Estaba tan aterrado que cuando entró a su casa le puso el pasador a la puerta. Luego escuchó el chillido incesante del viento que se quería meter por las ventanas y corrió a cerrarlas. Entre las cortinas vio a un hombre recargado en un árbol. Aunque quiso distinguir el rostro del extraño no lo logró porque desapareció entre las sombras. Sintió tanto miedo que fue a esconderse a su cuarto. Entonces escuchó fuertes golpes en la puerta principal. Salió de puntitas con el bate en la mano y se asomó por la ventana para encontrarse con su mamá que había olvidado las llaves. Le contó lo acababa de ver pero ésta no le hizo caso. Lo mandó a dormir y le prohibió que volviera al cementerio a visitar a su hermano y a su abuelito. Ella sólo le dijo que todavía estaba muy perturbado debido a la reciente muerte de su abuelo.

Jorgito se encerró en su cuarto y permaneció contemplando el techo por varias horas hasta que el desértico paisaje hizo el paso del tiempo pesado y eterno. Recordó la advertencia del abuelo. La sensación nerviosa que corría por sus venas y el frío que sentía en su recamara, hacían que se ocultara debajo de tres gruesas cobijas. Sobre su cuerpo encobijado sintió una mirada, volteó hacía la ventana pero sólo encontró un rayo de luz que se introducía en su habitación. El espejo reflejaba la luz de la noche en las paredes que se convertían en sombras que parecían envolverlo en una permanente oscuridad. De pronto escuchó el gruñir de la puerta que se abría lentamente. Volvió a asomarse entre las cobijas y vio al abuelo cubierto de tierra y con un cinto en la mano. El miedo lo inmovilizó. El viejo se acercó tanto que alcanzó a oír su agitado corazón. Empezó a ahorcarlo con cinto y sin darle oportunidad de gritar, apretó hasta que Jorgito dejó de respirar.

Jorgito despertó cuando su mamá lo llamó. Desayunó de prisa; se puso su chaqueta y se dirigió al cementerio para visitar a su hermano. Al pasar por el sepulcro de su abuelo, su odio aumentó al verlo cubierto por las flores. Las desparramó, las aplastó y con una fuerza inexplicable sacó la cruz de la tumba para azotarla contra el suelo hasta que se quebró en mil pedazos. Luego se refugió llorando en el sepulcro de su hermano para contarle que el abuelo lo perseguía para matarlo, que ni en sus sueños lo dejaba descansar. Le suplicó que lo ayudara y que lo defendiera como cuando eran niños. Después cerró los ojos para imaginarse cómo sería su hermano si aún viviera y lo que estarían haciendo juntos en ese instante. Así permaneció hasta que empezó a soñar que su hermano volvía para jugar fútbol en el cementerio. Volvían a brincar y a reír sobre las tumbas hasta que llegó el frío del anochecer. Las sombras de las tumbas se extendieron por todo el lugar. Escucharon quejidos en el fondo de la oscuridad. Vieron que se acercaba una sombra, y no era otra cosa que el abuelito con el cinto en la mano. Cuando Jorgito lo vio quiso huir y le dijo a su hermano que no lo dejara solo otra vez, que se lo llevara con él. Su hermano tomó a Jorgito en sus brazos y los dos volaron muy alto, hasta detrás del anochecer donde el viejo jamás los pudo separar.

Al amanecer, Jorgito seguía acostado boca arriba sobre la tumba. En su rostro se percibía una sonrisa. Había muerto. Cuando lo encontraron, pensaron que estaba congelado debido al frío. Pero nunca supieron que esa Navidad Jorgito se había vuelto a reunir con su hermano al otro lado del amanecer.

PIEL DE ARENA

Esa noche mis papás no estaban en casa y aprovechamos el momento para estar juntos. Nos acostamos en el sillón. Empecé por probar su piel de arena de su cuello y bajé por su espalda para lamer su sal. Nos quitamos el resto de la ropa para atarnos del vientre y amarrarnos con las piernas. Sobre el calor de su aliento, sobre el mar de su pecho, me deslicé como una ola que muere al tocar la arena de la playa.

De pronto la puerta principal se abrió y vi entrar a mi papá. Se enfureció tanto al encontrarnos sobre el sillón, que tomó a Joaquín del hombro desnudo para golpearlo. Traté de separarlos pero mi papá me aventó contra la mesa, y a Joaquín contra el sillón para echársele encima. Lo insultaba, le pegaba, le gritaba que lo iba a matar por haberme pervertido. Como me llevaba cinco años pensaba que él era el responsable de mi homosexualidad. Las manos de mi padre se convirtieron en dos tenazas sobre su cuello. Joaquín quería quitárselo de encima pero no podía, estaba tan asustado como yo. La cara de Joaquín empezó a ponerse morada y sus piernas pedían auxilio. Más de una vez le grité a mi papá que no lo matara, pero parecía que no me escuchaba. Entonces descolgué un crucifijo que estaba arriba del sillón para pegarle en la cabeza. El golpe fue tan fuerte, que de inmediato cayó al suelo. La sangre empezó a brotar. El sillón se encargó de absorberla. Llamé a una ambulancia pero fue inútil porque mi papá murió dos horas después en el hospital, a causa de traumatismo craneoencefálico. Al día siguiente, después del funeral de mi padre, la policía fue a buscarme porque habían encontrado mis huellas en el crucifijo. No pude decir lo que realmente había pasado porque Joaquín me había pedido que no contara que él había estado conmigo esa noche, no quería que su familia se enterara de que era homosexual. Yo lo amaba más que nada en este mundo y no quería perjudicarlo. Por eso le conté a la policía que fue un accidente, que yo no quería matar a mi padre, que solamente me había defendido. Pero no fue suficiente para convencerlos. El juez me consideró rebelde y mis familiares atestiguaron en mi contra diciendo que tenía muchos problemas con mi padre debido a mi preferencia sexual. Me condenaron a veinticinco años de prisión de asesinato en primer grado.

Joaquín me visitaba todos los días, pero sólo teníamos que conformarnos con vernos unos minutos y hablar unas cuantas palabras, mientras deseábamos besarnos y acariciarnos. Además yo me moría por volver a nadar en su piel. Al principio, cuando Joaquín me visitaba, me decía que iba continuar con su carrera de abogado para sacarme y comprar una casa para vivir juntos para toda la vida. Sin embargo me extrañó que me preguntara:

- De seguro ya tienes muchos amigos aquí en la cárcel, ¿verdad?
- No Joaquín, al contrario, no hablo con nadie.
- Has de estar muy bien acompañado con tantos hombres. ¿No?
- Te equivocas, tú eres la única persona que amo y siempre amaré.

A partir de ese momento sus visitas se hicieron más esporádicas. Sus excusas siempre eran las mismas, según él no podía ir porque estaba muy ocupado con sus clases de abogacía y con su nuevo trabajo de asistente en un despacho. Yo sentía que ya no me quería como antes, y aunque decía que me amaba parecía que sólo lo decía por lástima. Así pasaron semanas, meses y hasta años en los cuales Joaquín no regresó jamás. Mi desesperación me hizo pensar más de una vez en escaparme, para buscarlo. Lo extrañaba, lo necesitaba. Un día un amigo me dijo que Joaquín había terminado la carrera de abogado y se había casado con una mujer. Sentí que esas palabras me ahogaban. Cómo pudo hacerme eso, después de que maté a mi padre por él. Ya no me importaba salir de la cárcel, ya para qué. Su recuerdo se convirtió en una prisión de la cual no quería salir jamás.

Así pasaron trece años. Un día que estaba en el comedor ví que la luz que entraba por el tragaluz se reflejaba en un muchacho que no había visto antes. En ese momento también sentí esa luz caliente sobre mi cuerpo porque él tenía la misma piel de arena que la de Joaquín. El hambre se me quitó y me alimenté sólo con su luz morena. En cuanto se levantó lo seguí para ver en qué celda estaba. Preguntando pude averiguar que su nombre era Mario y que tenía veinticuatro años. Desde ese día lo seguí constantemente por toda la cárcel pero nunca me atreví a hablarle. Una noche de mucho calor -especialmente en la cárcel se siente más el calor- lo encontré en las regaderas. Al contemplar su arena desnuda en toda su extensión me sentí libre. Respiraba el aire caliente del mar con brisa de músculos y su arena mojada. Él percibió mis miradas. Bajó su vista al suelo y aproveché para desgranar su piel de arena.

Me di cuenta que mis miradas estaban agitando su arena de su vientre. Como había poca gente en las regaderas, le hice una seña de que me siguiera. Nos metimos en un baño, cerramos la puerta y ahí empezó a cubrirme de mar y sol. Desde ese día nos encontrábamos cada noche en los baños. Él se convirtió en mi mejor amigo, mi confidente y mi amante. Me contó que lo habían encarcelado porque había matado a un hombre en un accidente automovilístico por ir manejando borracho. Yo le dije que estaba prisionero por culpa del amor pero que al conocerlo había vuelto a respirar mi libertad. Cuando nos quedábamos solos, aprovechaba para acariciarlo sobre el pantalón, meter mis manos entre su camisa y tomar la arena de su pecho que siempre se me iba entre los dedos cuando alguien aparecía. Hacíamos planes para cuando saliéramos, juntos iríamos de luna de miel por crucero, y compraríamos una casa a la orilla del mar. Hasta que un día me contaron que él no había matado por accidente, sino que era un ladrón que por conseguir el dinero que necesita para drogarse mataba a mujeres o ancianos a sangre fría. De inmediato le pregunté a Mario si era cierto, pero lo negó rotundamente. Me dijo que eran chismes, que si en verdad lo amaba le tenía que creer en él.

Salí antes de lo previsto por buena conducta. Desgraciadamente la condena de Mario todavía era larga. Aunque no me gustaba la idea de volver a pisar a la cárcel, empecé a visitarlo esporádicamente. Unas semanas después me entró la curiosidad de buscar a Joaquín para preguntarle la causa de su abandono. Busqué su dirección y me dirigí a su casa. No me atreví a tocar por temor a que me abriera su esposa. Permanecí afuera buen rato esperando a que saliera. Joaquín salió cuando estaba atardeciendo. Lo reconocí de inmediato, jamás olvidaría su piel de arena; pero ahora se estaba gordo, calvo, con lentes. Detrás de él salió una señora con un vestido de girasoles. Parecía ser su esposa, venía acompañada de un joven como de 17 años, muy parecido a Joaquín cuando era joven. Tenía esa misma piel de arena.

A la mañana siguiente volví a su casa temprano y esperé a que saliera el joven. Empecé a seguirlo a todos lados. No me atrevía a decirle ni una sola palabra. Parecía que era un muchacho solitario, nunca iba acompañado de nadie. Eso sí, cada vez que lo veía, sentía el calor de la playa y la música del mar aunque estuviera en medio de esta ciudad desértica. Un día se me ocurrió esperarlo en una esquina. Cuando sentí cerca su aroma de su arena simulé un resbalón y estiré los brazos para que me ayudara. Me ayudó a levantarme. Fingí recuperarme y lo invité a tomar un refresco. No aceptó, me dijo que tenía que llegar temprano a su casa y se fue caminando con pasos largos. Me volví a sentar en la banqueta viendo cómo se perdía entre la gente la imagen del amor de mi vida.

Al día siguiente lo esperé otra vez fuera de la Preparatoria para decirle que le debía un favor, que aceptara mi invitación a comer y después lo llevaba a su casa. Al principio se mostró un poco desconfiado, pero al final aceptó. Cuando estábamos en el restaurante supe que se llamaba Jessi y tenía 17 años. Parecía nervioso y no me miraba a los ojos. Con lo poco que habló sobre su vida me di cuenta que tenía bastantes problemas en su casa, especialmente con su padre. Le dije que siempre estaría endeudado con él por haberme ayudado y que podía contar conmigo. Yo sería como un padre para él. Lo abracé muy fuerte como si ya fuera mi hijo.

Después de ese día me tuvo más confianza y empezamos a salir con más frecuencia. Hasta que en una ocasión lo llevé a mi departamento y Jessi se sentó tímidamente en el sillón. Yo me acerqué y disimuladamente le puse la mano sobre la pierna. No me rechazó. Entonces acerqué mis labios a la arena de su cuello, metí las manos debajo de su camisa y sentí el calor del verano en la playa. Le quité la camisa para acariciar las olas desnudas y zambullirme en el mar de arena. Como me sentí incómodo en el sillón, lo conduje a mi cama donde la marea aumentó.

Por fin había conseguido el verdadero amor de mi vida después de tantos años. Por eso aproveché cada momento que estaba con él para tenderme a lo largo del sol de su piel; pero el reloj de arena de su tiempo era limitado porque su papá lo regañaba si llegaba tarde. Un día, cuando Jessi se acababa de ir, sonó el teléfono. Era Mario. Había escapado de la cárcel y necesitaba verme.

Quedamos de vernos en un bar. Mario, desesperado me preguntó que porqué no había cumplido mi promesa de visitarlo en la cárcel. Me disculpé como pude pero no logré calmarlo. Tuve que decirle que estaba saliendo con el hijo de Joaquín. :

- El hijo de la persona por la que diste todo.- me preguntó molesto.
- Sí, estoy muy enamorado de él.

No supe qué más decir y me levanté de la mesa y me marché.

A la mañana siguiente sonó el teléfono varias veces. No contesté porque en el identificador de llamadas ví que la llamada provenía de un numero desconocido y temí que se tratara de Mario que de seguro quería verme. Estuve toda la tarde esperando a Jessi pero nunca llegó. Le hablé por teléfono pero me contestó Joaquín. Lo reconocí de inmediato, su tono de voz era el mismo. No dije nada y colgué. Ese atardecer lo pasé completamente solo. Al día siguiente fui a esperar a Jessi a la salida de su preparatoria y me explicó que no había podido ir porque su padre lo había castigado por haber llegado tarde; además sus calificaciones habían bajado. Me entristecí al oír eso. Pensé que no lo volvería a ver y le propuse se viniera a vivir conmigo. Entonces vi que Mario pasaba frente a la preparatoria en un auto de último modelo. Me puse muy nervioso. Subimos a mi auto y por el retrovisor comprobé si Mario nos estaba siguiendo, pero no lo volví a ver. Como de costumbre dejé a Jessi una cuadra antes de su casa, no sin antes hacerlo prometer que esa tarde iría a mi departamento. Pero también lo estuve esperando y nunca llegó. Pensé que otra vez había tenido problemas con su padre y me fui a dormir solo. Sonó el teléfono y esta vez sí contesté.

-Mario. ¿Qué te propones?

- Es que todavía te quiero.

- Ya te dije que me olvidaras y me dejaras en paz, eso es lo mejor.

Mario colgó sin decir nada.

Al día siguiente volví a la preparatoria pero no encontré a Jessi por ningún lado. Así que no tuve más remedio que regresar al departamento y esperar sus noticias. Cinco horas después sonó el teléfono. Llamaban desde el teléfono de un hotel. Contesté de inmediato y Mario me dijo con una voz pausada que si quería ver a Jessi, fuera al hotel donde estaba hospedado. Colgó luego de darme la dirección. Decidí avisar a la policía.

La policía abrió de golpe la puerta. Mario y Jessi estaban desnudos sobre la cama. Arrestaron a Mario. Yo me acerqué a Jessi que comenzaba a vestirse. Lo acaricié en la barbilla y le pregunté qué había pasado.

"Perdóname, fue un error, no sé por qué lo hice" contestó. Limpié sus lágrimas y lo abracé con fuerza.

En mi departamento me preguntó por Mario. Le dije que había sido mi pareja, y que todo se trataba de una venganza. Intenté contarle todo lo que había pasado entre su padre y yo, pero no me atreví. Jessi me sorprendió al decirme que al haber estado con Mario se había dado cuenta que solamente me amaba a mí. Nos empezamos a besar y acariciar y yo sentí que su infidelidad nos había unido más.

Nos quedamos dormidos en el sillón; cuando desperté ya había amanecido. Lo sacudí por los hombros y le dije que se fuera a su casa. Mientras se vestía alguien toco a la puerta y era Joaquín, padre de Jessi; seguramente Mario le había dado mi dirección por venganza.

Joaquín sacó una pistola y gritó que iba a matarme. Jessi no entendía lo que estaba ocurriendo, pero trató de impedirlo. Su padre lo empujó contra el sillón. Traté de calmar a Joaquín pero no pude; estaba enloquecido. Jessi se abalanzó para quitarle la pistola y el disparo impactó su pecho. Cuando me arrodillé junto a él, Jessi ya estaba muerto.

EVANGELINA AMA A JESÚS

Tuve la experiencia de trabajar como sirvienta, niñera y hasta de chofera de una señora bien tocadiscos llamada Evangelina. A pesar de que pertenecía a la alta sociedad y tenía bastante dinero para comprarse las mejores ropas o joyas, se había quedado a vestir santos. Ahuyentaba a los hombres y nadie se arriesgaba a comprometerse con semejante espantapájaros. Lo que más nos extrañaba a las otras sirvientas y a mí, era que ella se arrodillaba todas las tardes frente a una imagen de la virgen de Guadalupe y le rogaba quedar embarazada para tener un hombrecito. Nosotras pensábamos que la señora tenía esa obsesión porque nunca había tenido la compañía de un hombre. No tuvo hermanos, y su padre, que le heredó una fortuna, murió cuando ella tenía un año.

Un lunes por la mañana, mientras le arreglaba su recámara, me comentó en secreto que ya era hora de perder su virginidad y me preguntó si no tenía un amigo o un conocido que necesitara empleo. Mis compañeras de trabajo no me creyeron cuando les conté ese chisme. Pero bien que se quedaron con la bocota abierta cuando la vieja ridícula publicó un anuncio solicitando servidumbre masculina. Lo bueno que sólo se presentaron puros maricones y claro que se le quitaron las ganas de contratar a uno.

Dos meses después, sin que nos diéramos cuenta de cómo le hizo, nos enteramos que la señora Evangelina estaba embarazada. Una de las sirvientas, que no sabíamos cómo se enteraba de los chismes, nos contó que Evangelina había ido con un doctor que conseguía que sus pacientes tuvieran niños varones por inseminación artificial. Para nosotras era increíble que ella encargara y siguiera siendo virgen, así como la virgen de Guadalupe.

Durante los días de su embarazo, nos puso a pintar una recámara de azul. Evangelina se encargó de comprar la alfombra, las sábanas y las cortinas azules. Además de carritos y mucha ropa adecuada para un niño. Estuvimos tan atareadas que los nueve meses pasaron volando. Pero fue grande nuestra sorpresa al ver que regresó del hospital con una bebita. Para consolarla le dijimos que su niña se parecía mucho a ella. La patrona sólo dijo en tono despreciativo que nosotras teníamos que ocuparnos de la pequeña. Esa noche fue la única vez que cargó a su hija y ni siquiera la llevó al cuarto azul, sino a la recámara de huéspedes. Mientras le cambiábamos los pañales, apostábamos que Evangelina iba a volver a encargar, aunque su edad ya no se lo fuera a permitir.

Meses después, pensé que Evangelina ya había rebasado los límites de la locura cuando me pidió que la llevara a hacer los trámites para adoptar un niño. Rumbo al orfanatorio, al detenernos en un semáforo, vimos los inocentes ojitos de un niño de unos cuatro años que nos pedía limosna. En ese momento noté que el rostro de la señora Evangelina se llenaba de esperanza. Su gesto le daba cierto parecido con el cuadro de la virgen de Guadalupe que teníamos en su casa. Se bajó del carro para preguntarle su nombre. El chamaquillo, entusiasmado por la posibilidad de recibir dinero, le respondió que se llamaba Jesús. Vivía con su abuelita y con su padre a quienes les daba el poquito dinero que reunía en las calles. Evangelina lo subió al carro y le dijo que lo íbamos a llevar hasta su casa.

Al llegar, nos encontramos al padre muy borracho y tirado debajo de un árbol con varias botellas vacías a su alrededor. Sin siquiera saludarlo, Evangelina le ofreció dinero por su hijo. El hombre se levantó de un salto para aceptar el dinero. Mi patrona regresó al coche con Jesús pero nunca pensamos en la abuelita quien con llantos y gritos, trataba de bajar a Jesús del auto jalándolo por los pies. La señora Evangelina se volvió a bajar del carro y de un sólo manotazo, aventó a la pobre viejita contra un árbol.

Al llegar a la casa, Evangelina estaba tan contenta que ella sola se encargó de instalarlo en la recámara azul. Jamás volvió a acordarse de su pobrecita hija a partir de ese día; su obsesión por Jesús fue excesiva. No se le despegaba ni un instante. Con cualquier pretexto lo bañaba y lo cambiaba. A veces parecía que se lo iba a comer a besos y aplastarlo con abrazos. Cuando yo tenía que ir por Jesús al colegio, el pobrecillo siempre me pedía que lo llevara a visitar a su abuelita para regalarle el dinero que le daba Evangelina. A mí no me gustaba llevarlo porque siempre terminaba discutiendo con la abuelita. Una tarde en que me compadecí y lo llevé, nos enteramos que su padre había muerto de cirrosis. La abuelita estaba deshecha en un mar de llanto.

Pasó el tiempo, Jesús ya era un hombre de dieciocho años que no sabía manejarse por sí mismo. La sobreprotección de Evangelina lo convirtió en un inútil. Se la pasaba acostado en la cama sin hacer nada. Era tan flojo que era incapaz de hacer las cosas más sencillas como limpiar su cuarto, o usar un desarmador. Nosotras y la patrona le hacíamos todas sus obligaciones. No podíamos creer que Evangelina lo siguiera consintiendo, besuqueándolo y apapachándolo. En una ocasión, una de las sirvientas nos contó que había visto a la señora manoseándolo muy sospechosamente. Entonces supimos que Evangelina lo había planeado todo para tener su primera experiencia sexual con el joven. Sin embargo, también sabíamos que no se iba a realizar su sueño porque Jesús siempre se metía a escondidas al cuarto de la hija de Evangelina que ya tenía catorce años y era muy linda y hacendosa. Ella siempre nos ayudaba en todo. Bueno, a ellos ya los habíamos cachado besuqueándose por los rincones de la casa. Por supuesto no le decíamos nada a la señora porque sería capaz de matar a su propia hija.

Una madrugada oímos un griterío que nos despertó a todas. Sin perder un segundo corrimos a averiguar qué pasaba, listas para la peor desgracia. Al llegar nos encontramos con una gran discusión entre Evangelina y Jesús. Lo que sucedió después es difícil de contar porque estábamos amontonadas detrás de la puerta y no alcanzábamos a escuchar bien lo que pasaba. Al parecer la señora había encontrado a Jesús y a su hija desnudos en la cama. Evangelina le dio una santa cachetadota a Jesús y empezó a gritar diciéndole que era un pervertido y un violador de menores. Fue entonces que Jesús le dijo todas sus verdades a esa vieja depravada.

Esa misma madrugada Jesús empaquetó sus cosas y se llevó a la hija de Evangelina a vivir con él a casa de su abuelita. Después nos enteramos que Jesús estaba trabajando en una fábrica para mantenerlas a las dos.

Ahora más que nunca veíamos a Evangelina rezándole todas las tardes a la Virgen de Guadalupe. En ocasiones la veíamos llorar a escondidas y nos carcajeábamos porque sin saberlo, ella lloraba en los mismos rincones donde se amaron sus hijos.

Un lunes por la tarde, Evangelina me ordenó que la llevara urgentemente a la casa de la abuelita de Jesús, porque su hija le había llamado para pedirle dinero: estaba embarazada. La llevé lo más pronto que pude. La patrona entró sin llamar a la puerta, pero también así de rápido, Jesús la sacó a golpes.

- ¡Lárguese de aquí, vieja indecente, no necesitamos su dinero!

- La señora se subió al auto sin decir nada. Apenas alcancé a escuchar los regaños que Jesús le metía a la hija de Evangelina por haberla llamado. Me dio mucha lástima ver a la hija de Evangelina con cinco meses de embarazo, llorando sobre el barandal. Quise ir a consolarla, pero no me atreví.

Algunos meses después nos enteramos de la tragedia que nos dejó frías. Resulta que la hija de Evangelina había estado muy enferma a causa de su embarazo. La llevaron a un centro de salud público, pero ahí sólo encontró la muerte. Tan sólo pudieron salvar al niño, que por cierto también lo llamaron Jesús. La sirvienta más chismosa nos platicó que Jesús, destrozado, se había llevado al recién nacido a la casa de su abuelita. Días después nos enteramos que Evangelina había contratado a un buen abogado para que tramitara la adopción del niño Jesús.

Era muy probable que mi patrona se quedara con el bebe, porque después de la muerte de la hija de Evangelina. Jesús se había convertido en un borracho y drogadicto de primera.

Era viernes por la mañana cuando habló el abogado para decirle a Evangelina que había ganado el caso y que el niño ya era suyo. Con unas ansias locas por abrazar a su nieto me ordenó que la llevara a recoger al bebé. Cuando entramos a la casa de la abuelita, vimos a la pobre viejita muy traqueteada, tirada en la cama. Ya ni siquiera se podía levantar para tratar de impedir que se llevaran al chiquillo. Así que no hubo problema para tomar al bebé de su cuna. Era el bebé más hermoso que haya visto, ni siquiera el niño lloró cuando lo levanté. Jesús estaba tan borracho durmiendo debajo del árbol, que ni cuenta se dio cuando lo brincamos para pasar.

En el trayecto a la residencia, la señora me comentó que su nieto Jesús iba a llegar a ser el hombre que siempre quiso tener. Lo acomodó en la recámara azul y lo bañaba con cualquier pretexto. Por eso una noche, mientras todas dormían, decidí levantar al bebé de su cuna y llevármelo muy lejos donde la vieja de Evangelina no nos pueda encontrar jamás.

FUNERARIA PARAÍSO

A mi hijo Alex no le gustaba ir a la funeraria porque le horrorizaba la idea de trabajar con muertos. Además, su rebeldía de adolescente no compaginaba con este deprimente lugar. Se atrevió a decir que le daba miedo el aspecto de don José, el encargado de maquillar y vestir a los cadáveres. Don José siempre vestía de negro, usaba boina y fumaba puros, pero de todas maneras pensé que Alex sólo buscaba pretextos para no ayudarme en el negocio.

A pesar de haberse graduado en publicidad, Alex no conseguía empleo a causa de la más reciente crisis del país. Todos los días lo veía buscando trabajo en el periódico y acudiendo a entrevistas, pero como nunca lo ocuparon, no le quedó más remedio que emplearse temporalmente conmigo en la funeraria. Desde el principio le obligué a trabajar en las labores más pesadas como cargar a los muertos, los ataúdes y las coronas de flores, para que se fuera familiarizando con el ambiente.

Cuando mi hijo cumplió tres meses en el trabajo, me aconsejó que despidiera a don José para ahorrarnos su sueldo. A pesar de la crisis, la funeraria también estaba a punto de quebrar porque no llegaba ningún muerto. La gente tiende a morirse con más frecuencia cuando la situación económica es estable, porque todos comen, toman y fuman en exceso. Al principio creí que despedir a don José era una locura, pero con el tiempo pensé que la idea de mi hijo no era tan mala y podría ayudar a mi bolsillo. Por eso mandé llamar a don José para discutir el asunto de su jubilación. Me iba a doler despedirlo porque estaba muy complacido con su desempeño. Dejaba tan bien maquillados a los muertos que resultaba un crimen enterrarlos.

Además lo iba a extrañar; después de todos esos años conmigo ya lo consideraba mi amigo.

- Patrón, yo no quiero jubilarme, aún estoy joven y este oficio es muy importante para mí.

- Ya lo sé, don José. Pero usted sabe que las condiciones han desmejorado bastante y he pensado que……

- No se preocupe, - me interrumpió. -Verá que esta maldita crisis nos traerá suicidios, asaltos y hasta homicidios.

- Eso no garantiza el aumento de clientes. Si la gente mata por dinero no creo que tengan para pagar un funeral digno, -le respondí.

- Oiga, y si anunciamos ofertas que incluyan flores, ataúd, carroza, esquelas, pañuelos, velas y tarjetitas de recuerdo. Podríamos regalar un ataúd a las tres primeras personas que llamen. Su hijo podría ayudar. Él estudió para eso, ¿no?

La idea de don José me dio nuevas esperanzas. Además, Alex podría ejercer su profesión de publicista. Se lo comenté a mi hijo y estuvo de acuerdo. Realizamos unos anuncios espectaculares. Días después tuvimos la suerte de que varias personas murieran intoxicadas a causa de una cena que se ofreció en una reunión de la alta sociedad. Los familiares de los difuntos contrataron nuestros servicios funerarios influidos por los geniales comerciales de mi hijo. Debido a ello nuestra situación económica se restableció. Los ricachones pagan cualquier extravagancia con tal de que sus difuntos tuvieran una magna despedida.

Una noche, mi hijo, don José y yo hicimos una fiesta en la funeraria para celebrar el regreso de los buenos tiempos. Pero Alex me amargó la reunión cuando borracho, me pidió que incrementara su sueldo y despidiera a don José. Me dijo que el viejo era muy raro, que le gustaba encerrarse con los cadáveres mientras los maquillaba y no dejaba entrar a nadie. No le hice caso porque de seguro era otra de sus tonterías que siempre inventaba.

Semanas después, Alex volvió a insistir en que despidiera a don José pero ahora me contó algo que me sacó de mis casillas. Me dijo que acababa de sorprender al viejo acariciando y besando un cadáver. Le dije que se dejara de tonterías, pero de todos modos fuimos a verificar lo cierto de sus comentarios.

Encontramos el cadáver bajo una sábana blanca. Don José apareció con uno de sus puros apagados en la boca.

- ¿Qué pasa? - preguntó tranquilamente.

Le dije de qué se trataba el problema.

- Su hijo me está difamando, respondió don José mirando fijamente a Alex.

- No, el que está mintiendo es usted- afirmó mi hijo muy enojado, a tal grado, que intentó golpearlo; pero yo lo impedí a tiempo. Calmé la discusión diciéndoles que les daría obligaciones diferentes para que no trabajaran juntos. Tenía mis dudas pero no despedí a don José porque no me importaba lo que hiciera con los cadáveres mientras éstos no se quejaran. Lo único que me importaba era que los dejara impecables para el velorio.

Una mañana, mientras mi hijo ordenaba los archivos de los difuntos, noté que se balanceaba como si estuviera borracho. Vi que tenía los ojos rojos. Al preguntarle si estaba enfermo, se desvaneció, llevándose consigo los documentos al suelo. Tenía el rostro pálido y sus ojos reflejaban un inmenso terror, como si pidieran ayuda. Lo único que se me ocurrió fue llamar a la ambulancia. Mientras esperaba llamé a gritos a don José para que me ayudara pero no apareció por ningún lado. Cuando los paramédicos llegaron fue demasiado tarde: Alex ya había muerto. Me preguntaron si usábamos químicos tóxicos en el negocio, porque su aspecto hacía pensar en un envenenamiento. Don José apareció de improviso y no dijo absolutamente nada, sólo fumaba su puro. Después me enteré que había persuadido con una mordida a los paramédicos para que no se llevaran a Alex a la autopsia de rigor.

Avisé a todos mis familiares del trágico suceso para que fueran a velarlo esa misma tarde.

-¿El funeral será hoy? patrón - preguntó don José.

- ¡Sí! Entre más pronto, mejor.

Don José se dio la vuelta y se fue a preparar el cadáver. Entonces se me ocurrió que don José bien podría haber envenenado a mi hijo. Por eso, mientras don José salió a comprar las flores para el funeral, entré a la pieza donde preparaba a los muertos. El único sitio donde podía esconderme era adentro de un ataúd; aunque la idea de meterme ahí me causaba pánico y náuseas. Cuando escuché que don José entró a la funeraria, me metí al ataúd y antes de que llegara a la habitación bajé la tapa del féretro dejándolo medio abierto para poder ver y respirar.

Don José entró con una sonrisa, y echó llave a la puerta. Caminó hasta el ataúd donde yo estaba y lo cerró bloqueándolo por fuera. Empecé a golpear la caja y gritar que me sacara, pero don José no hizo caso. Un descomunal escalofrío recorrió mi cuerpo. Pensé que iba a morir asfixiado en un ataúd. Yo, que deseaba ser incinerado porque toda mi vida había estado rodeado de ataúdes y no quería acabar en uno.

Cada segundo parecía una eternidad y perdí la noción del tiempo. De repente escuché voces y llantos. Traté de hacerme oír con golpes, pero nadie escuchaba. Cuando ya me había cansado de gritar, me di cuenta de que estaban tratando de abrir el ataúd. Por fin me sacaron. Me dio muchísima alegría ver a mis amigos y familiares. Muy sorprendidos me preguntaron qué hacía encerrado en un ataúd. No supe qué contestar, sólo les dije que don José me había encerrado. Lo buscamos por toda la funeraria sin éxito. Dimos parte a la policía para que nos acompañara a su casa. Cuando llegamos nadie atendió nuestras llamadas. La policía falseó la puerta y entramos, pero ya había escapado. Grande fue nuestra sorpresa al encontrar en el closet una extensa y variada colección de órganos genitales conservados en frascos. Jamás dieron con ese loco que, de seguro, sigue haciendo de las suyas en alguna otra funeraria.

AQUAMOR

Me resulta difícil contarte lo que pasó, además me están esperando allá afuera. Pero bueno, pueden esperar algunos minutos. Hace unas cuantas semanas nos mandaron a Daniel, mi mejor amigo, y a mí, a participar en un torneo de natación fuera de la ciudad. Daniel era muy bueno en la piscina, parecía delfín, por eso era uno de los favoritos. Su cuerpo era perfecto porque el agua lo moldeaba todos los días. Pero bueno, como te decía, cuando llegamos, yo ya estaba bastante cansado por el viaje y lo que más deseaba era llegar al hotel, pero el entrenador que se le ocurre llevarnos a la piscina donde sería el torneo. Hasta el cansancio se me quitó al ver que la piscina era más grande que la nuestra. También me llamó la atención la luz del atardecer que entraba por las ventanas, se reflejaba en el agua e iba a parar en el cuerpo casi desnudo de una preciosa muchacha que llevaba un traje de baño negro que absorbía la claridad del agua. Al parecer ella trabajaba como salvavidas porque traía un silbato y una tabla. De inmediato le dije a Daniel que volteara a ver aquella preciosura. En cuanto la vio insistió que fuéramos a saludarla; pero yo no quise acompañarlo porque me moría de vergüenza y de pena. ¿Cómo así, de buenas a primeras, ir a saludarla? Además nuestro entrenador nos podía regañar. Pero qué podía hacer yo y no me quedó más remedio que escoltarlo. Daniel se le acercó y le preguntó cuánto media la piscina.

- Sólo son 15 metros de largo.
- Está grande, nuestra piscina sólo tiene 10 metros.
- ¿Vienen a la competencia?
- Sí, acabamos de llegar.

Ella bajó de la torre de salvavidas y disimuladamente rozó el pecho de Daniel. Le preguntó.

- ¿Cómo te llamas?

- Daniel, y ¿tú?

- Vanessa.

Pero nuestro entrenador nos interrumpió. "Ya es hora de irnos —nos dijo.- Mañana muy temprano van a practicar para que se ambienten con el agua de aquí." Nos despedimos de la preciosa salvavidas, asegurándonos vernos el próximo día. Al entrar al hotel nos encontramos con varios chavos que habían llegado para la competencia. Afortunadamente me tocó compartir la habitación con Daniel y ya cuando estaba acostado en la cama, vestido únicamente con su ropa interior, me dijo que quería ver a esa hermosísima mujer, con esa piel suave diseñada por el sol y esos pechos que exigían ser consentidos. Y ¿qué crees que pasó? Daniel cerró los ojos y vi cómo lentamente se excitaba. Agitado, agarró una sábana y se cubrió. Ya te imaginarás que yo no pude dormir. Me levanté y me encerré en el baño, me desnudé y me acaricié suavemente frente al espejo hasta aplacar mi placer.

Daniel se levantó a las seis de la mañana para lavar su ajustado traje de baño amarillo que se le acomodaba perfectamente a lo poco que cubría, y después se metió a bañar. Qué caso tendría bañarse si ya nos íbamos a la piscina. Bueno, pero así es él de raro. Ese día fuimos los primeros en llegar. Vanessa estaba nadando, te juro que su cuerpo se veía fenomenal porque llevaba puesto un bikini blanco que trasparentaba sus pechos. Parecía que se le iban a ahogar cuando los sumergía. ¿Sabes? Nunca había visto a una mujer que supiera seguir tan bien el ritmo del agua y produjera finas olas que se quebraban con los suspiros de cualquiera. En eso salió del baño un muchacho con los músculos bien puestos y un estómago de lavadero, con una tanga más chica que la de Daniel; pero eso sí, tenía una narizota de aleta de tiburón. Se metió al agua de un clavado y salió junto a Vanessa para abrazarla. Te juro que sus cuerpos tan cerca y mojados me empezaron a excitar. Creo que ya te imaginarás cómo se sentía Daniel al ver aquello, pues para animarlo le dije que no era posible que el nariz de aleta de tiburón fuera su novio, que era muy feo para ella; pero ni siquiera sonrió, sólo sus ojos reflejaron el agua de la piscina. Por eso le insinué que si quería nos fuéramos y volviéramos más tarde, pero no quiso, él también quería meterse al agua. Como comprenderás, yo no me quería meter porque me daba una pena enorme ponerme el traje de baño en esos momentos de plena excitación. ¿Me entiendes? Al salir de los vestidores después de un baño con agua muy helada, percibí la mirada de Vanessa que nos seguía mientras la abrazaba el aleta de tiburón. Cuando nos metimos a la piscina lo primero que me llamó la atención fue la tibieza del agua. Pensé que Vanessa y su novio eran los que producían ese sabroso calor que se mezclaba con el agua clorada que saboreaban mis labios. Bueno, cuando estábamos nadando me fijé que Daniel no les quitaba los ojos de encima. Ponle que yo también los veía pero por debajo del agua, ya que sus cuerpos se contemplaban mejor y más sensuales. Esto ocasionó que me excitará lo triple, no sabía cómo aguantarme porque sentía que las vibraciones del agua que ellos producían iban a descoagularme. De repente no sé qué pasó, Vanessa se salió de un salto de la piscina y se encerró en los vestidores. El tiburón de inmediato se puso a entrenar. En verdad sí parecía tiburón porque cuando nadaba de rápido que nadie sabía qué hacer. Los entrenadores, salvavidas y uno que otro metiche, se metieron al agua a separarlos. Como verás, yo también me metí porque el tiburón estaba golpeando a Daniel en la cabeza y aparte se le subía encima para ahogarlo. Duraron buen rato en separarlos y al final todos terminamos empapados o salpicados. Total, nuestro entrenador estaba tan furioso que de inmediato nos llevó a nuestro cuarto del hotel, al llegar él regañó a Daniel y le dijo a gritos que había ido a competir y no a vacacionar ni divertirse. Cuando el entrenador se fue, Daniel se quedó mirándose en el espejo y de un golpe lo rompió. Lo bueno fue que más tarde el telefonazo de Vanessa lo tranquilizó. Lo llamaba para avisarle que se verían el día siguiente después de que cerraran la piscina, cuando ya no hubiera nadie. Al cabo, a ella le tocaba cerrar el lugar. Esa tarde no sabes cómo me empecé a sentir. Tenía mucha fiebre. Yo creo que había sido por los cambios de temperatura del agua a los que había estado expuesto en los últimos días. Cuando el entrenador se enteró que no podía competir porque estaba indispuesto se terminó de enojar y como a mí no me podía regañar porque estaba enfermo, pues volvió a regañar a Daniel. Con gritos, te lo juro, le dijo que más valía que hiciera algo por nuestra institución, si no se las vería con él. Esa noche, a causa de la calentura, tuve un sueño terrible: en el fondo de la piscina me encontraba con cadáveres de mujeres desnudas. Yo quería salir pero no podía porque la superficie del agua era un espejo que reflejaba a todas las muertas.

Al día siguiente no pude nadar pero sí fui un rato a ver las primeras eliminatorias. Cuando llegué, Daniel estaba muy contento porque había logrado pasar a la siguiente ronda. Era lógico, porque era el mejor de todos.

Bueno, esa vez me salí antes de que terminaran las primeras eliminatorias porque no me sentía bien. Caminé al hotel. Pero ¿qué crees? Cuando apenas iba a dos cuadras de la piscina, vi que el tiburón se acercaba en un carro acompañado de Vanessa. Alcancé a ver que se despidieron con un beso, pero no creas que con un beso en la mejilla, sino en la boca. Luego ella se bajó apresurada y él se marchó patinando el carro. No podía creer lo que había visto. Por eso me regresé para chismearle a Daniel, pero no pude porque Vanessa ya estaba con él recargada en las escaleras del trampolín. En eso vi que llegó el entrenador furioso y que lo regaña. Pero al parecer Daniel no le hizo caso porque cuando el entrenador salió, azotó la puerta que quedó bailando. Total, que Daniel y Vanessa siguieron conversando. Por eso mejor decidí esperarlo afuera. Anocheció a los pocos minutos; apagaron las luces y ya todos se habían ido. Como Daniel no salía, me acerqué a una ventana a ver si lo veía y que alcanzó a ver que Daniel y Vanessa estaban desnudos dentro de la piscina. ¡Se estaban besando! Te lo juro. Ella estaba tendida en el agua, su figura se confundía con las curvas de las olas, mientras él la surfeaba y la buceaba. Las olas se agitaban suavemente y después aceleradamente se salían de la piscina. Hasta que salieron del agua para secarse entre ellos y después volvieron a mojarse con saliva. Entonces vi que el auto del tiburón se acercaba, que se bajaba del carro y se metía al edificio. Ya no pude ver más porque se fueron a los baños. Pasaron como 5 ó 6 minutos, después Vanessa y el tiburón salieron apresurados. Cerraron con llave el lugar y el auto arrancó con todo y rechinido de llantas.

Esperé un rato para ver si salía Daniel, pero nada. Yo ya estaba desesperado, pero ¿qué podía hacer? Por eso busqué la manera de meterme. Pude entrar por una de las ventanas del baño. Todo estaba oscuro. El agua estaba completamente quieta. Fui a buscarlo en los vestidores y las regaderas y nada. Encontré los apagadores y encendí la luz. Vi que el agua estaba completamente roja y en medio flotaba el cuerpo de Daniel. Le hablé a la policía y cuando lo estaban sacando pude ver que más de 30 puñaladas deformaban su cuerpo.

Suspendieron temporalmente el torneo para investigar la muerte de Daniel y para cambiar el agua de la piscina. Todos estábamos asustados. El entrenador se notaba muy nervioso y me dijo que hiciera mis maletas porque ya no teníamos nada que hacer allí. Pero la policía no lo permitió hasta que se aclarara el asesinato. Unos días después nos avisaron que ya habían encarcelado al asesino y que era el tiburón porque todas las pruebas lo delataban.

Volvieron a abrir la piscina. Ese día me encontré a Vanessa. Llevaba puesto un bikini negro. Estaba sentada en la orilla de la piscina, su imagen se reflejaba en el agua, pero la deshacía con el pie. Me acerqué a ella para decirle que la había visto junto a Daniel esa noche, que no había dicho nada porque yo estaba enamorado de ella. A Vanessa se le escurrió una lágrima que se perdió en la piscina. Me dijo que no sabía qué había pasado. Según Vanessa, el tiburón y ella habían salido mucho tiempo después que Daniel, y que cuando cerraron el lugar ya no había nadie.

Con la detención del asesino, las competencias se reanudaron. Como ya me sentía mejor de salud y mi cuerpo me exigía nadar para liberarme de las tensiones y el estrés, pude competir y ganarle a todos. Yo no lo podía creer. Al finalizar la competencia, Vanessa me abrazó y me besó. ¿Sabes? Ése fue el mejor momento de mi vida. Bueno, ya me voy porque el entrenador me está llamando. Por cierto, está muy contento conmigo. Pero antes de irme quería decirte que tu cuerpo se ve exquisito formado por el agua. Tu cara se ve preciosa en el reflejo de la piscina. Quiero agradecer tu inmenso amor por mí. Me voy, pero recuerda siempre que yo también te amo aunque sólo seas mi reflejo.

LA DESPARECIDA DE MI HERMANA STEPHANIE

$\mathcal{S}$iempre mis padres discutían con mi hermana *Stephanie*, hasta que un día desapareció. Ella siempre quería salir todos los días a fiestas con sus amigas o con su novio que lo cambiaba cada semana, pero mis papás no la dejaban salir, ni llegar tan noche pero no le importaba y acostumbraba llegar después de las cinco de la mañana o a veces hasta más tarde. Siempre que discutían yo pretendía que estaba jugando con mis carritos para escuchar todo el pleito, al final mi hermana *Stephanie* terminaba castigada en su habitación. Por eso, prefería que me llevaran a la casa de mi hermano que ya estaba casado y tenía un bebé con el que podía jugar. Una noche mis padres estaban muy preocupados porque mi hermana *Stephanie* no había regresado de la preparatoria. Llamaron a todas sus amigas, pero nadie sabía nada de ella. Nunca había visto a mis papás tan preocupados ni tan tristes. Mi hermano, su esposa y el bebé también llegaron a la casa y se quedaron conmigo mientras mis papás fueron al departamento de los policías para reportar la desaparición de mi hermana *Stephanie*.

Así pasaron dos días y seguimos sin saber nada de mi hermana *Stephanie*. A veces me dejaban en la casa de mi hermano porque ellos se la pasaban arreglando no sé que tantos trámites. Para mí era mejor porque allí podía jugar con el bebé. Me gustaba estar en la casa de mi hermano porque no me gustaba ver a mis papás así tan preocupados y también porque mi hermano siempre era muy bueno conmigo, siempre me compraba nuevos juguetes y lo que mis papás no me querían comprar. Por eso, cuando crezca quiero ser exactamente como mi hermano.

Una noche cuando estaba en mi habitación escuché ruidos en el patio de la casa, me asomé por la ventana, pero no vi a nadie. Fui a la habitación de mis papás para decirles que no podía dormir porque tenía miedo, que no quería desaparecer como desapareció mi hermana *Stephanie*. Mi mamá me dio un vaso de leche caliente y me llevó a mi cama. Me dijo que ya no me preocupara que mi hermana regresaría pronto, me dio un beso en la mejilla, apagó la luz y se fue a dormir. Mirando el techo de mi habitación pensaba en donde se encontraría mi hermana en ese momento hasta que me quedé dormido. Esa noche tuve un sueño donde un hombre vestido de negro y con un capuchón entraba al patio con mi hermana *Stephanie* en sus brazos y la enterraba en el jardín del patio. A la mañana siguiente me levanté asustado y le conté a mi mamá que había soñado que mi hermana estaba enterrada en el patio y me dijo que eso no era posible porque hacía unos momentos le había llamado un policía para decirle que posiblemente mi hermana *Stephanie* se había escapado con su novio de esta semana, porque ese chico también estaba desaparecido. No me dio importancia y se dirigió al teléfono de la cocina. Aproveché para salir al patio y empecé a escarbar poco a poco hasta que encontré una pierna, me asusté tanto al encontrar eso que corrí a avisarle a mi mamá.

Muchos policías, personas raras y hasta un perro policía llegaron a mi casa, y empezaron a excavar y sacaron a una mujer desnuda, pero no era mi hermana. De repente el perro policía empezó a escarbar y encontraron el cuerpo de otra mujer desnuda, así excavaron todo el patio y encontraron quince cuerpos de mujeres desnudas, pero ninguna era mi hermana. Los policías empezaron a hacerles muchas preguntas a mis papás, pero ellos estaban tan asustados y nerviosos que ni se les entendía lo que decían y así entre las oraciones de mi mamá y los desvaríos de mi papá se los llevaron esposados atrás en un auto de policía.

Una señora que no parecía policía sino profesora me llevó a la casa de mi hermano, yo corrí con el bebé para contarle todo lo que había pasado mientras esa señora que parecía profesora estaba hablando con mi hermano mayor. Cuando ella se fue le dije a mi hermano que quería ver a mis papás y me contestó que por el momento no sería posible porque esos policías estaban buscando culpables de esas mujeres desnudas y querían culpar a mis papás. En eso tocaron a la puerta y era otra vez esa señora que parecía profesora con mi hermana *Stephanie* que estaba llorando y preguntándole a mi hermano que había pasado en casa y que había pasado con mis papás.

BALA DE DOS FILOS

Memo se estaba volviendo loco de estar encerrado en su casa porque sus padres no lo dejaban salir debido a la violencia. Ya tenía 19 años y ya deseaba tener su propio departamento para poder salir sin permiso. Sus padres parecían hipnotizados con las noticias de los diversos asesinatos. A Memo no le gustaba ver tantas tragedias en la televisión y prefería utilizar su tiempo libre jugando con los videojuegos. Su madre lo tenía completamente harto con que no saliera de la casa y siempre le contaba que si a fulanito lo mató una bala pérdida cuando salió a comprar unos cigarros o que si a la hija de su compañera de trabajo la habían encontrado asesinada y ultrajada en un lote baldío. Memo también escuchaba las mismas historias en su trabajo en Wal-Mart, donde trabajaba acomodando artículos en los anaqueles. En este empleo apenas ganaba unos cuantos pesos para comprarse un seis de cervezas. Memo había dejado de estudiar porque le parecía muy aburrido y el estudio no era para él. Por eso, cada fin de semana después de salir de su trabajo frecuentaba a unos amigos para fumar marihuana en casa de uno de ellos. Un día llegó su amigo Pee Wee con algo de dinero que se lo había robado a una señora al salir del banco y estaban contentos que Memo y Pee Wee fueron a comprar más marihuana, cocaína y unas cuantas cervezas para celebrar. Al llegar a la casa de don Güero, el que vendía las drogas, le dijo que estaba buscando a un chico para un empleo fácil y que si les interesaba este empleo entonces regresaran muy temprano al día siguiente. Memo y Pee Wee acordaron regresar y empezar a trabajar. Al día siguiente, Pee Wee no se pudo levantar por la resaca y Memo se dirigió solo a la casa de don Güero. De allí se montó en una camioneta junto con otros chicos y los llevaron a una mansión donde había una bodega con toneladas de drogas. A Memo y a los demás jóvenes les asignaron cargar los paquetes de drogas a amigos y salir a los bares o discotecas de moda. Una noche cuando fue a un club conoció a una chica que le gustó de inmediato, le invitó unas bebidas a ella y a sus amigas. Después la invitó a bailar. Ella se llamaba Angélica, se intercambiaron sus números de celular y se vieron al día siguiente para ir al cine.

Él la consentía bastante y le llevaba sus flores amarillas que le gustaban. Él se sentía tan enamorado que pensaba en abrir un negocio y así ofrecerle a ella una vida de amor y sinceridad. Todos los días, él la esperaba después de que salía de la universidad siempre con las flores amarillas y la llevaba a cenar en el mejor restaurante de la ciudad. Memo cada día volteaba al cielo y le gritaba enfrente de ella que la amaba.

Hasta que un día ella dejó de contestar las llamadas de Memo. Él fue a buscarla hasta su casa y le dijeron que no estaba. Al día siguiente fue a la universidad a buscarla y al llegar la vio agarrada de la mano de otro chico. En ese momento quería haber portado sus armas con las que trabajaba y matarlo. Angélica al ver a Memo se le acercó y le dijo que se fuera que no lo quería volver a ver, que ella nunca le prometió nada que ella había encontrado a Juan Carlos y que sentía más afinidad que la que tenía con él porque estudiaba para ser médico en la misma universidad. Memo volteó a ver a Juan Carlos para grabarse su rostro y regresar para asesinarlo.

Memo subió a su automóvil último modelo sin poder creer que Angélica lo había dejado por un hombre tan feo y tan insignificante. Por eso, al día siguiente habló con sus compañeros de trabajo del comando armado para poner una fecha y hora para asesinarlo. Ellos aceptaron ayudarle y por ser compañero de trabajo le harían una rebaja por los servicios prestados.

Llegó el día. Memo estaba feliz. Por fin desaparecería a ese insignificante y poder regresar con Angélica. Memo ya tenía identificado el auto y la hora en que salía su víctima de sus clases. Esa tarde vio a Juan Carlos y Angélica tomados de la mano. Memo al verlos dio la orden de disparar sólo a Juan Carlos, pero de repente uno de los miembros del comando gritó: paren no disparen, Juan Carlos es mi hermano. El silencio sólo duró un minuto porque después se escucharon varias detonaciones realizadas por el hermano de Juan Carlos al disparar a quemarropa a Memo dentro de la camioneta.

Al día siguiente en el diario de la ciudad apareció la noticia de que el cuerpo de un hombre que aparentemente fue acribillado y arrojado a un kilómetro de la carretera Bolívar, alarmó a los viajeros que dieron parte a las autoridades para que atendieran el caso. Aunque aún el cuerpo no se encuentra identificado, las autoridades de la Procuraduría General de Justicia, confirmaron que se trata de una persona del sexo masculino entre 18 y 20 años y que su cuerpo, presenta diez impactos, así como el tiro de gracia.

AUTOSECUESTRO FAMILIAR

A quien corresponda:

Todo empezó el día cuando llamaron a la casa para decir que teníamos que pagar cierta cantidad de dinero para evitar que nos secuestraran o nos asesinaran. Por eso, mi padre tomó la drástica decisión de autosecuestrar a mis dos hermanas menores y a mí. En ese entonces yo iba a cumplir ocho años, mi hermana Isabel siete y Maricarmen tres años. Mi padre dio la orden a mi nana Conchita de no dejarnos salir por ningún motivo tanto a mi madre y a nosotras. Mi nana era una señora alta y muy robusta que de un empujón podría tiranos al piso a las cuatro juntas. Desde ese día mi madre, la cual amo bastante, empezó a darnos clases en casa, así como darnos tarea para no aburrirnos en el encierro. Después que mi madre nos educaba, veíamos las telenovelas. Solamente del exterior veíamos una vez o dos veces por semana a Felipe, el encargado de llevarnos la despensa. Así transcurrió mi infancia, secuestrada, pero aun así disfruté ese periodo de mi vida porque jugaba con mis hermanas Isabel y Maricarmen a las Barbies o a la casita. También hacíamos las tareas juntas y después veíamos todas las telenovelas con mi madre. Recuerdo que siempre deseaba tener un novio como esos galanes de las telenovelas que son muy guapos, trabajadores, responsables y de buena posición económica. Por eso, esperaba salir de este secuestro para conocer a mi príncipe.

Un día mi hermana Isabel estaba muy rebelde y le gritó a mi padre que quería salir, pero mi padre la bofeteó varias veces y la castigó encerrándola en una habitación oscura y completamente vacía por varios días. Maricarmen y yo rezábamos, pidiendo que terminara el castigo de Isabel en esa horrible habitación. Ahora que escribo esta carta para requerir de su ayuda, me pregunto cómo fue posible soportar tanto dolor, tantos golpes, tantas humillaciones de mi padre. Aunque mi padre no siempre estaba en casa debido a su trabajo, siempre llegaba muy tarde o a veces no llegaba, pero la verdad es que no lo extrañábamos. Siempre durante la cena mi padre nos repetía constantemente que todo lo que hacía era por nuestro bien, que la ciudad era muy peligrosa y más para nosotras debido a que éramos mujeres y corremos más riesgos. Siempre nos daba esa excusa. Por eso, antes de cenar dábamos gracias a Dios por la comida de cada día y por los cuidados de nuestro padre, aunque yo siempre rezaba para no tener esos cuidados.

No voy a negar que con frecuencia mis hermanas y yo tuviéramos la idea de escapar de aquella casa, pero era imposible porque siempre la puerta estaba cerrada y las ventanas tenían rejas. Creíamos que al salir todo sería maravilloso, que sería otro mundo. En ocasiones cuando miraba a mi madre pensaba que no le importaba la idea de permanecer encerrada. Ella, con tal de no perderse ningún capítulo de las telenovelas, estaba muy feliz. Aunque no niego que también nosotras no nos perdíamos ningún capitulo.

Pensaba que este secuestro llegaría a su final cuando cumpliera los diez y ocho años, pero no fue así. Todo lo contrario, fue peor. Mi padre nos empezó a regañar más y golpearnos más. Durante la cena le comenté a mi padre que quería asistir a la universidad para ser abogada, pero él me contestó que no era buena idea, que era un trabajo muy difícil y que la profesión no era para una mujer. Entonces con tal de salir de ese lugar le dije que quería estudiar enfermería. Él me miró a los ojos y sólo me dijo "lo pensaré."

Ya estaba por cumplir los veinte años, y parecía que no veía la luz del día sólo a través de ventanas enrejadas. Soñaba todos los días que mi príncipe azul vendría a rescatarme. Hasta que un día mi padre se enfermó del hígado debido a su alcoholismo. Ese día lo más importante para todos era su salud que mi nana y mi madre se olvidaron que nos tenían que cuidar. Mi nana estaba tan preocupada y además ya era bastante vieja que cuando estaba rezando para la recuperación de mi padre, tomé la llave de la puerta y su dinero y escapé de esa casa para jamás regresar.

Al salir caminé por las calles sin rumbo fijo. No sabía que hacer, ni a quién pedir ayuda. Sólo pensé en una tía que había discutido con mi madre, no recuerdo porque razón, pero desde entonces no se hablaban. Recuerdo eso porque mi madre en algunas ocasiones la mencionaba. Llegué hasta un restaurante, comí un poco y pedí el directorio para buscar la dirección de mi tía Clara, pero no la encontré. La mesera me dijo que buscará en el Internet y me señaló donde podría encontrar una cabina de Internet.

Esa noche fue la primera vez que tuve la experiencia de navegar en el Internet. Mi padre sabía lo peligroso que podría ser este medio. Por eso nunca lo instaló en la casa o mejor dicho mi prisión. Aunque yo no estaba familiarizada con la tecnología como el Internet, sabía de su existencia a través de las telenovelas. Llegué a las cabinas de Internet, pero tampoco encontré ningún dato acerca de mi tía, pero si encontré información sobre la carrera de leyes. A la encargada del lugar le pregunté de cómo podría encontrar un sitio para pasar la noche. Ella me mencionó varios hoteles que se encontraban cerca, pero todos eran bastantes caros y feos. Para ese entonces ya eran casi las dos de la mañana y todavía no encontraba ningún sitio para dormir hasta que vi un hotel a lo lejos que decía abierto con letras mayúsculas fabricadas en neón. Caminé de prisa hacia ese sitio y para mi sorpresa era barato. Entré a la habitación, pero parecía que no la habían limpiado en días y la cama se veía como si estuviera repleta de pulgas. Ni siquiera tenía un aire acondicionado o un abanico, y hacía tanto calor como si fuera el mismo infierno. Pero como el cansancio era tanto, que no tuve más remedio que descansar en esa cama. Cuando desperté pensaba que todavía seguía en mi casa secuestrada y no en ese pulguiento lugar. Decidí que lo mejor sería retirarme y seguir buscando a mi tía Clara. Al salir de mi habitación me encontré en los pasillos a bastantes mujeres semidesnudas recién levantadas. En ese momento me di cuenta que había dormido en un prostíbulo, probablemente mi padre tenía razón sobre lo que se había convertido la ciudad y nunca debí haber salido de mi casa.

Tantos días que soñaba estar libre pero esa mañana al caminar entre tanta gente me dio mucho miedo que pensé en regresar con mis hermanas que de seguro me estaban esperando. Tenía miedo por lo que nos contaba mi padre, pensaba que me iba a pasar algo y así mismo fue. Dos hombres se me acercaron, me tiraron al piso y me robaron la bolsa con el poco dinero que me quedaba. Empecé a gritar que me habían robado, pero nadie se inmutó, ni siquiera trataron de levantarme. Sólo una mujer mayor que iba cruzando con voz baja me dijo donde estaba la estación de policía para denunciar el robo. En ese instante pensé que mi padre tenía la razón de sobreprotegernos, pero había caminado tanto que ya no recordaba donde estaba la casa de mi padre. Entonces fui a la estación de policía para que me ayudaran. En la comisaría les conté toda mi situación. Me enviaron a otra oficina para localizar a mi familia, pero el nombre de mi padre como el de mis hermanas no se encontraban registrados; parecía como si nosotras no existiéramos, que todo lo que había vivido era sólo un sueño. Después de tenerme en la estación de policía por horas encontraron una dirección de la que podría ser mi tía. Llegué a la dirección que supuestamente era de mi tía y me abrió una señora muy parecida a mi madre, de inmediato supe que era ella. No hubo necesidad de preguntar casi nada. Mi tía Clara me contó que perdió comunicación con mi madre cuando empezó a salir con mi padre, quién literalmente la raptó de la casa de mis abuelos debido a que no estaban de acuerdo con esa relación. Ella me comentó que probablemente mi padre estaba ligado con el narcotráfico. Probablemente por eso, nos tenía aisladas.

Mi tía Clara que aún no se había casado, me ayudó en todos los aspectos. Me inscribí en la universidad para estudiar leyes. Nunca pensé conocer a José Fernando en mi clase de derecho, él era muy guapo, muy inteligente y de buena posición económica. En mi clase yo no lo dejaba de ver ningún momento, creo que todos sabían que me gustaba. Hasta que un día le pregunté que si deseaba estudiar para el examen, y me respondió que sí, que con mucho gusto. Después de estudiar, me invitó a cenar. Por fin había encontrado a mi príncipe azul, al que había soñado desde que era niña. Al día siguiente pasó por mí a la casa de mi tía, caminamos agarrados de la mano hasta su coche que era un corvette rojo de reciente modelo y me llevó a cenar al restaurante Las Brisas que estaba cerca de la universidad. Hablamos de los profesores, de los compañeros de clases. Entre más se expresaba y lo conocía, me enamoraba más de él. Sabía que sería con él que me casaría y viviríamos por siempre felices. Fuimos a su departamento para continuar conversando, nos sentamos en su sofá y en ese momento contemplé lo guapo que era. Hasta que me dio un beso, mi primer beso, no había sido como esperaba, pero se lo correspondí. De repente me empezó a quitar la ropa. Le dije que eso no era lo que yo estaba buscando que esperará a su debido momento. Pero no me escuchó, quería desnudarme sin mi consentimiento. Traté de levantarme del sofá y escapar, pero no pude él me hizo suya a la fuerza. Esa primera vez fue horrible, no quiero profundizar en este asunto, es más, esta es la primera vez que estoy hablando de esta horrible experiencia. Desde ese día ya no quería asistir a la universidad para no verlo, ni saber nada de él. Hasta que un día supe que a José Fernando lo habían asesinado en su lujoso coche junto con una chica que lo acompañaba justo al salir del restaurante Las Brisas. En ese momento di gracias porque al final él había pagado por lo que me había hecho.

Estudiaba leyes sobre todo porque quería ayudar a las mujeres abusadas En una ocasión asistí a la conferencia que se presentó en mi universidad sobre el abuso y la violencia en contra de la mujer. La charla fue muy interesante porque la expositora que no mencionaré su nombre para no comprometerla en este asunto tan delicado, era una mujer muy inteligente y muy joven para su posición, ya que ella trabajaba para la Agencia Federal de Investigación. Básicamente, ella operaba bajo el control de la Procuraduría General de la República en un perfil profesional que garantiza eficiencia en el combate al crimen. Después de su ponencia me acerqué para conversar con ella y comentarle mi caso del secuestro que había sufrido y mencionarle que todavía no podía encontrar a mis hermanas. Ella se vio muy interesada en mi caso y me dio su tarjeta. Al día siguiente, la llamé. Nos quedamos de ver en un Café, le conté todo, y le proporcioné los pocos datos que sabía de mi padre y la información que sabía. Me contestó seriamente que haría todo lo posible por averiguar donde se encontraba mi familia. Tres días después ella me llamó para decirme que iría a mi casa porque necesitaba hablar conmigo a solas sobre un asunto muy delicado sobre mi familia. Le contesté que viniera, mi tía había salido a una reunión de sus compañeras de trabajo. Cuando llegó me contó que ya sabía quién era mi padre que usaba por lo menos tres identificaciones diferentes, que era dueño de varias discotecas y bares donde se manejaba mucha droga. Además, me dijo que era cómplice de lavado de dinero del principal narcotraficante del país. Por lo tanto, mi padre formaba pieza clave en el tráfico de estupefacientes. Era difícil denunciarlo porque estaba protegido por la mafia y tenía comprado a los elementos de las corporaciones policiales, como a la agencia federal. Ella me pidió que no dijera nada porque si se enteraban que me estaba ayudando, entonces la matarían. Sin embargo, lo que me rompió por completo el corazón fue cuando me dijo que mi padre tenía otra esposa con dos hijos ya de veinte años que le ayudaban en sus negocios. En ese momento no soporté saber todo eso y empecé a llorar. Ella me abrazó y me dijo que no me preocupara y que ella encontraría la forma de ayudarme. Entonces me abrazo un poco más fuerte y me besó. Ese beso me hizo vibrar en todos los sentidos y me abrió a un mundo lleno de esperanzas, de amor y de comprensión. Después la llevé a mi cama y por primera vez hice el amor. Desde ese día empezamos a vernos frecuentemente, ella venía a la casa de mi tía o yo iba a su casa donde ella vivía sola. En otras ocasiones me quedaba a dormir con ella. Mi tía pensaba que era mi mejor amiga y jamás se enteró que era mi novia. Una noche después de hacer el amor, ella me dijo que ya tenía un plan para rescatar a mi familia.

Así en un coche casi inservible para no levantar sospechas, mi novia y yo empezamos a seguir a diario a mi padre aunque él siempre se hacía acompañar de su escolta. Lo seguíamos de discoteca en discoteca hasta su casa donde vivía con su otra esposa y sus dos hijos. Hasta que un día se dirigió a la casa donde tenía secuestrada a mi familia. De inmediato reconocí la casa y estaba segura que todavía se encontraban allí. Dejamos pasar unos días y para ese entonces mi novia por medio de su trabajo había conseguido dos armas de largo alcance y varias armas para rescatarlas. Ese día cuando mi padre estaba en su negocio, mi novia y yo regresamos a esa casa, vestidas de negro y con pasamontañas, disparamos a la puerta hasta que la derribamos. Mi nana al ver que entramos se desmayó, me despojé del pasamontañas y cuando me vieron mis hermanas corrieron a abrazarme. Rápidamente las tomé de la mano a ellas y a mi madre que temblaba de miedo, y las subimos a una camioneta para jamás regresar. Al día siguiente mi novia se comunicó por teléfono con mi padre comunicándole que tenía secuestrada a su esposa e hijas y si las quería volver a ver con vida tendría que pagar el rescate de medio millón de dólares. Las negociaciones duraron algunos días, pero al final se concretó. El día del pago me quedé junto a mi madre y a mis hermanas. Mi novia en una motocicleta se dirigió a recoger la mochila con el dinero que fue depositada en una banca de un parque. Cuando mi novia regresó me dio la mochila y me dijo que me marchará a los Estados Unidos junto con mi familia. Me besó por última vez y me dijo adiós. Yo quería que me acompañara porque la amaba, pero era imposible. Tenía que quedarse a cuidar a su familia. La besé otra vez, por última vez. Después, me subí al avión que nos traería hasta aquí, a los Estados Unidos. Por eso, por medio de esta carta y con toda la información requerida y evidencia adjunta, suplico para mi madre, mis dos hermanas y para mí el refugio político.

ISABELLA Y LAS MUJERES DE CIUDAD JUÁREZ

Una mañana de verano, Isabella esperaba ser informada si sería una de las elegidas para las becas de la facultad de Ciencias Políticas. Isabella esperaba en la parte de atrás de un salón de clase sin ventilación. Estaba sentada en una banca apartada de los demás alumnos, para pasar desapercibida porque en ese tiempo Isabella era una muchacha insegura, introvertida y tímida. Isabella empezó a mirar intranquilamente a los demás alumnos, de pronto descubrió que en la primera fila se encontraban unas compañeras de la preparatoria quienes le caían muy mal porque eran muy fáciles. El cinismo de ellas era tan inmenso que ellas mismas comentaban sus noviazgos y aventuras sexuales. Isabella era diferente, los estudios y los libros no le daban tiempo para andar teniendo romances. Isabella y las fáciles acababan de graduarse de la misma preparatoria y tenían planeado ingresar a la facultad de Ciencias Políticas, para Isabella era lo que más le interesaba en la vida. El único obstáculo que enfrentaba es que no tenía nada de dinero para inscribirse en la universidad. Por eso, su única ilusión era obtener una de esas becas.

La espera y el calor del salón le produjo a Isabella sudara intensamente, pero al instante se secaba las gotas de sudor con una de las mangas de su blusa, después de una hora apareció la profesora de ciencias políticas con los resultados de las becas. En ese instante, el salón enmudeció ante el gran misterio de saber quiénes serían los favorecidos. Las gotas de sudor aumentaban a la par que su nerviosismo, y provocaban que la manga se humedeciera cada vez más. El calor de su cuerpo se completó con la sofocación que enfrentó al escuchar, que las chicas fáciles, habían obtenido las becas. Mientras la profesora agradecía a todos los estudiantes por su participación, Isabella pensaba que tal vez no le otorgaron la beca por su inseguridad o su nerviosismo que tuvo al ser entrevistada. Cuando la profesora de políticas se marchó del salón de clases, las fáciles empezaron a saltar y gritar de satisfacción y alegría. Isabella no podía aguantar aquella celebración, se alejó corriendo de la universidad y no se detuvo hasta que llegó al parque Borunda bañada en sudor. Se subió a un columpio balanceándose lentamente con un pie, mientras su pensamiento se desbordaba en la tristeza. A su alrededor muchos niños jugueteaban, saltaban y gritaban de felicidad.

La tarde se asomó con su persistente calor, Isabella seguía en el parque Borunda con su mirada fija a la arena que pisaba. Se aguantaba las intensas ganas de llorar, pero no faltó una pequeña lágrima que se secó rápidamente con una de las mangas de su blusa. Un chico moreno y con ojos verdes se le acercó y le preguntó por qué ese rostro tan angelical reflejaba tanta tristeza. Isabella no le respondió, era como si la amargura la hubiera enmudecido. Al no poder establecer una conversación, le compró un elote con chile y limón. Las horas que llevaba columpiándose, y el olor de aquel delicioso elote le abrieron el apetito que había perdido. Isabella lo tomó con sus manos y se concretó a saborearlo.

- Estoy muy enchilada, necesito algo de tomar - Ella le dijo tartamudeando.
- Vamos por unos refrescos. - le contestó él chico moreno.

El joven moreno se compró una cerveza y a Isabella una agua fresca de jamaica. Mientras comían su elote con chile, él trató de animarla con sus chistes. Más de una ocasión logró que ella sonriera, pero su rostro seguía reflejando la angustia. De unos tragos ella se acabó la agua fresca ya que el calor que había enfrentado durante esas horas la había deshidratando por completo. Pero el chico moreno le compró otro vaso de agua fresca de jamaica para que saciara su sed.

El calor de la noche se estaba empezando a sentir, cuando extrañamente Isabella se empezó a sentir mareada y sus fuerzas estaban desapareciendo. Le pidió al chico moreno que la llevara hasta su casa, él la guío hasta el auto, pero al subirse Isabella perdió el conocimiento. Sin que ella se diera cuenta él chico moreno se la llevó a su casa, y logró bajarla con cuidado de no despertarla. Adentro de una habitación extraña y sin ventanas, Isabella reaccionó y percibió donde se encontraba, quiso huir zafándose del chico moreno, pero él la detuvo jalándola fuertemente de la manga hasta rompérsela. Inexplicablemente las fuerzas volvieron a resurgir en Isabella, y empezó a pelear, ella no quería que su primera vez fura tan violenta. El chico moreno se excitó más al verla como una venadita que luchaba por su vida. El vio que la desesperación de ella era demasiada por eso la amarró y la sujetó de las manos y la violó.

A la mañana siguiente Isabella despertó y vio que estaba en la misma habitación extraña sin ventanas sólo con un baño y un armario. Isabella abrió el armario y vio varios vestidos y en los cajones del armario encontró identificaciones y licencias de manejar de varias mujeres. De inmediato Isabella reconoció que algunas de ellas eran algunas mujeres de ciudad Juárez que habían desparecido hace meses las había visto en las noticias y en los periódicos. Isabella empezó a gritar. Al escucharla el chico moreno ingresó al cuarto e Isabella trató de escapar por la puerta pero él la empujó hacia la cama y la volvió a violar.

Al terminar, Isabella lo miro directamente a sus ojos verdes y sin una lágrima le comentó que ella conoce a unas varias amigas preciosas de la universidad y se las puede llevar. El se burló y le dijo que eso era una trampa para él. Isabella le pidió un sólo día para demostrarle que si puede conseguírselas.

Al día siguiente, Isabella y el chico moreno fueron a la universidad y afuera vieron a las chicas fáciles, sentadas en una banca. Isabella pasó al lado de ellas sin detenerse a saludarlas, se sentó cerca y las observó detalladamente. Escuchaba que las fáciles aprovechaban cualquier momento para contarles a los demás alumnos que habían sido becados. Se callaron cuando la profesora de políticas salió de la universidad. En ese momento Isabella se le olvidó su misión al ver la imagen de la profesora porque le hizo recordar su amarga experiencia que acababa de vivir. Al pasar la profesora miró a Isabella pero no se detuvo para saludarla pero la profesora si se despidió de las chicas fáciles y les deseó que un pasaran un bonito día.

Cuando la profesora se marchó en su auto, Isabella recordó lo que había acorado con el chico moreno y se dirigió a las fáciles, les comentó que había organizado un club de política y que se reunirían esa misma tarde. Les mencionó que llevaría ensaladas y aguas frescas, les dio la dirección del chico moreno y les recomendó que no faltaran porque el club de política es una importante actividad para mantener la beca. Esa tarde las fáciles llegaron a la casa del chico moreno, Isabella les abrió la puerta y la cerró inmediatamente con llave. Después apareció el chico moreno con un arma y las encerró en la habitación sin ventanas. En esa intensa semana el chico moreno las violó varias veces y las mató. Isabella le ayudó a deshacerse de los cuerpos de las chicas fáciles, tirándolas en el desierto de ciudad Juárez. Ese día al anochecer el chico moreno e Isabella hicieron el amor.

A la mañana siguiente, Isabella le comentó al chico moreno que conocía a otra chica más joven y más hermosa que las chicas fáciles. Esa misma tarde Isabella estuvo buscando datos sobre la hija de la profesora de políticas. Hasta que encontró en el perfil de Facebook de la profesora de políticas en que preparatoria estudiaba su hija. Al día siguiente Isabellla y el chico moreno se dirigieron a la universidad y picaron las llantas de la profesora de políticas para que no pudiera recoger a su hija. Después fueron a la preparatoria del Chamizal y la encontraron a la salida esperando a su madre. Isabella se acercó a ella y le dijo que la profesora de políticas la había enviado por ella. Cuando se dirigían al estacionamiento, el chico moreno la empujó hacia dentro del auto y sacó su arma para intimidarla. Al llegar a la casa la encerró en la habitación sin ventanas y de inmediato la violó.

En esa semana el chico moreno la violó todos los días. Ya habían pasado tres semanas y la hija de de la profesora de políticas seguía allí con ellos. Por eso, Isabella estaba nerviosa y celosa porque eso era inusual. A veces él se quedaba a dormir con la hija de de la profesora de políticas según él para vigilarla. Los celos de Isabella aumentaban hasta que un día que el chico moreno salió, Isabella tomó el arma y la mató. El chico moreno al llegar a la casa, Isabella le contó que ella trató de escapar y no tuvo más remedio que asesinarla. El chico moreno le ayudó a deshacerse del cuerpo de la hija de de la profesora de políticas, tirándola en el desierto de ciudad Juárez. Ese día al anochecer el chico moreno e Isabella hicieron el amor.

Un jueves de otoño, cuando las hojas de los árboles estaban siendo arrancadas violentamente por el viento, el chico moreno le preguntó a Isabella que fueran a buscar más chicas. Isabella le contestó que a ella ya le gustaría formalizar la relación y acabar con esas matanzas que ya casi estaban terminando con todas las mujeres de ciudad Juárez. El chico moreno le respondió que ya sabía que eso era una trampa para quedarse con su corazón, sacó su pistola de su pantalón y la asesinó. Al anochecer el chico moreno cargó entre sus brazos el cuerpo de Isabella, lo subió al auto para ir a tirarlo al desierto de ciudad Juárez.

EL AFTER PARTY

(Basado en hechos reales)

o que le pasó a Brian fue horrible pero no sé cómo decirle a su familia de lo que sucedió. Todo empezó ese frio sábado de diciembre, mi amigo Alberto me envió un mensaje por WhatsApp para invitarme a un after party en ciudad Juárez. Desde hace mucho yo ya no iba a ciudad Juárez porque era muy peligroso pero desde hace dos años ya había disminuido la violencia como los crímenes y las extorciones.

Al principio le contesté por WhatsApp que no podía ir, porque tenía unas cosas que hacer y porque hacía mucho frio. Me convenció diciéndome que fuera que irían otros amigos y varios conocidos para celebrar las fiestas decembrinas.

La verdad si me gustaría ir porque yo ya estaba muy cansado de ir a los mismos clubs, bars y discotheques de El Paso, Texas. No quería ir solo, es que le llamé a mi amigo Brian que vive en El Paso, Texas para que me acompañara al after party. Brian no quería ir porque ese sábado estaba haciendo mucho frio y prefería quedarse en casa viendo películas. Al final lo convencí de acompañarme al after party en ciudad Juárez.

Mi amigo Alberto me envió otro WhatsApp para avisarme que primero irían al "Bar 33" y que allí nos quedaríamos de ver y después iríamos juntos a la casa donde se celebraría el after party. Como siempre Brian y yo llegamos un poco tarde al "Bar 33" pero mis amigos todavía no estaban allí. Para esperarlos compramos unas cervezas, ellos llegaron después de una hora, para ese tiempo nosotros ya estábamos un poco mareados por las cervezas. A la una de la mañana decidieron salir para la casa donde se celebraría el after party. Seguí a mi amigo Alberto en mi carro porque no cabíamos en su auto.

Cuando lléganos a esa casa, Brian y yo nos dimos cuenta que la vivienda donde se llevaría a cabo el after party era una casa donde se había cometido una horrible masacra a unos estudiantes de preparatoria que se encontraban reunidos para celebrar una fiesta, cuando fueron sorprendidos por un comando armado de al menos veinte sicarios que descendió de cinco vehículos, ingresaron al sitio y dispararon matando a todos los adolecentes. Esa masacre ocurrió hace cuatro años y terminó con un saldo de veinte estudiantes muertos y doce más heridos. Le comenté a Brian que no quería entrar al lugar donde se había cometido esa terrible masacre pero como él estaba un poco borracho y muy animado, me contestó que sólo nos quedaríamos una hora y después nos marcharíamos. También nos iríamos pronto porque no queríamos agarrar mucha línea en el puente al regresar a El Paso, Texas.

Cuando entramos a la casa le pregunté a mi amigo Alberto por qué había comprado esa casa. Él me contestó que era de un amigo suyo que había comprado esa vivienda en una subasta y que por el momento el dueño andaba de vacaciones en Mazatlán y le había encargado vigilar la casa. Por eso, aprovechando que la casa estaba sola, decidió realizar el after party. En eso, llegaron más invitados y mi amigo Alberto fue a darles la bienvenida.

Brian y yo caminamos por la sala y la cocina, hasta que Brian vio a una chica muy guapa cerca de las bebidas. Brian se acercó a ella con el pretexto de agarrar otra cerveza. Así se conocieron y se fueron a hablar a un sillón de la sala.

En la sala me encontré a unos amigos de Juárez que hacía mucho tiempo no veía y me puse a charlar con ellos por unos minutos. Hasta que salí al patio a fumar un cigarro, afuera vi a unos raros adolecentes de entre 14 a 16 años ingiriendo bebidas alcohólicas, parecían zombis porque estaban muy drogados. Pensé que era muy raro que estuvieran en este after party y ¿quién los había invitado? Por eso inmediatamente busqué a mi amigo Alberto, lo encontré en la sala con el grupo de mis amigos de Juárez y le dije que había visto a esos raros adolecentes en el patio, cuando salimos ya no estaban, habían desaparecido. Alberto me dijo que yo estaba muy borracho porque ya estaba alucinando. Por eso me mencionó que podría pasar la noche en esa casa para que no condujera así medio borracho.

Al regresar a la sala, Brian ya no estaba ni la chica guapa, me preocupé por él, porque él ya estaba muy borracho. Le llamé a su celular pero lo tenía apagado. Fui a la cocina para buscarlo y no lo encontré, también fui a una de las recamaras y allí vi otra vez a los raros adolecentes ingiriendo bebidas. Me miraron como si me fueran a matar, sentí mucho miedo y de inmediato cerré la puerta de la recamara.

También empecé a buscar a mi amigo Alberto para contarle lo que había visto y para decirle que ya nos teníamos que ir, pero tampoco lo encontré. Tampoco mis amigos de Juárez habían visto ni a Brian ni a la chica guapa con la que estaba hablando. Para ese entonces ya eran las tres de la mañana. Varios de los invitados ya estaban muy borrachos y se estaban quedado dormido en los sillones u otros se fueron a dormir a las recamaras de la casa.

Regresé a la cocina y por fin encontré a mi amigo Alberto muy borracho y le pregunté si había visto a Brian con la chica guapa y él me contestó que ya se habían ido. Como Alberto estaba muy borracho no le creí nada de lo que había dicho. Por eso fui a revisar las habitaciones pero muchas de las puertas estaban cerradas con llave. Al pasar por el baño volví a ver los raros adolecentes, me miraron como desesperados como si estuvieran drogados y me quisieran matar. Al acercarme a ellos, vi que tenían la ropa manchada de sangre y sus rostros expresaban horror como si fueran unos verdaderos zombis. De inmediato salí corriendo de esa casa. Vi que los raros adolecentes trataron de seguirme pero caminaban despacio como zombis por lo drogado que se encontraban.

Me subí a mi auto y esperé unos minutos por Brian, le volví a llamar a su celular pero todavía lo tenía apagado. Frecuentemente volteaba a la casa para ver si lo veía pero sólo estaban esos raros adolecentes que entraban y salían de la vivienda. En ese momento que no sabía qué hacer pensé que mi amigo Alberto tenía razón y Brian se había ido con esa chica guapa. Ya habían pasado más de media hora y por eso decidí regresar a El Paso. Por ser tan noche, duré casi dos horas en cruzar el puente libre.

Al día siguiente, llamé a la case de Brian para preguntar por él, me contestó su hermano menor y me dijo que todavía no llegaba. Pensé que como era domingo andaría paseando con la chica que él conoció en el after party. El lunes volví a llamar a su casa y otra vez el hermano menor me comentó que todavía no llegaba y que la familia estaba muy preocupada porque no aparecía y no contestaba a su celular.

Por eso, ese mismo lunes por la mañana regresé a la casa del after party para buscar a Brian. Al tocar me abrió la puerta el dueño de la casa, él que andaba en Mazatlán. Le pregunté por Brian y por mi amigo Alberto.

Me respondió que mis dos amigos habían fallecido junto con varios invitados, habían muerto intoxicados con monóxido de carbono por el gas desprendido de un defectuoso calentón que dejaron encendido para disminuir el frío de diciembre. A Brian lo encontraron en una cama de una de las habitaciones, estaba desnudo junto con la chica guapa que había conocido esa noche y a mi amigo lo encontraron muerto en el piso de la sala. Me sentí responsable de la muerte de Brian porque él no quería ir a ese after party y porque lo había dejado en esa casa por miedo. Por eso, no sabía cómo decirle a su familia, pero al regresar a El Paso, no tuve más salida que llamar al hermano menor de Brian para contarle todo lo que había sucedido el pasado frio sábado de diciembre.

CUENTOS ANTES DEL ANOCHECER

Una noche de tormenta, Willy se quedó dormido en el sillón de la sala, mientras esperaba a que su madre llegara del hospital donde trabajaba como enfermera. Lo despertó el sonido de la puerta. Se levantó de inmediato y vio a su madre sumamente pálida. Cuando le preguntó qué había pasado, le contestó que una de sus pacientes había muerto de una manera muy extraña. Se trataba de una joven de 18 años que sangró por los ojos, boca y nariz hasta que murió asfixiada por su propia sangre. La madre sacó de su bolsa un libro que por título tenía: "Cuentos antes del anochecer" y dijo que esa chica lo había dejado sobre la cama. Que no sabía por qué lo había traído a casa. La madre lo dejó sobre el sillón y se metió en su recámara. Willy sólo vio que en la portada tenía un ángel pero no le prestó atención al contenido. Quiso encender la televisión, pero no pudo porque la tormenta había ocasionado un apagón en toda la ciudad.

El día estaba nublado. Víctor, el mejor amigo de Willy, llegó a visitarlo. Sin fijarse, Víctor se sentó sobre el libro. Al tratar de ponerlo sobre la mesa de centro el libro se le resbaló de las manos y cayó al piso abierto por la mitad. Víctor lo levantó y algunas líneas llamaron su atención. Willy estaba contándole sus problemas de la universidad, pero Víctor no le prestaba atención, parecía más interesado en el contenido del libro. De pronto Víctor interrupió la charla de Willy para decirle que se tenía que ir porque le dolía mucho la cabeza. Le preguntó si podía llevarse el libro. Willy le contestó que claro que sí y Víctor se marchó sin despedirse.

Pasaron los días. Willy no sabía nada de su mejor amigo Víctor ni siquiera se había presentado a clases ni contestaba su textos ni llamadas. Lo cual era muy extraño porque Víctor era muy excelente estudiante y un buen amigo. Nadie en la universidad sabía nada de él. Por eso decidió hablarle por teléfono a su casa. Contestó la madre de Víctor, le dijo que había salido muy temprano para la escuela. Willy no quiso comentarle que Víctor no había ido a clases desde hacía tres días.

Al día siguiente Willy había decidido ir a buscarlo a su casa, un compañero de clase le comunicó que Víctor había muerto en un accidente. Aunque el auto había quedado casi intacto, Víctor estaba irreconocible a tal grado que su madre había decidido incinerarlo. Willy fue a darle el pésame a la madre de Víctor. Esta le dijo que los últimos días Víctor había estado muy extraño. Frecuentemente se encerraba en su recámara mientras leía y releía un libro con un ángel en la portada. Willy le dijo que el libro le pertenecía. La señora fue a buscarlo pero no lo encontró por ningún lado. Willy sólo recordaba el título "Cuentos antes del anochecer" y que tenía un ángel en la portada. Lo buscó en librerías y bibliotecas, pero no tuvo éxito. En ningún lado tenían un libro semejante y hasta llegaron a afirmarle que ese libro no existía. A Willy se le ocurrió que posiblemente Víctor se lo había prestado a alguien más. Por eso, preguntó a sus compañeros de clases, pero nadie sabía nada de ese libro. Llamó a la madre de Víctor, pero ella le contestó que lo había buscado por toda la casa y no había encontrado nada. Probablemente, dijo la señora, el libro se habría quedado en el carro, porque Víctor no se separaba de ese libro ni un momento.

Al llegar al yonke, Willy encontró el auto y buscó en la guantera, en el piso y los asientos, pero no encontró nada. Sólo vio manchas de sangre seca por todos lados. Metió la mano debajo de los asientos delanteros y se cortó con un pedazo de vidrio. Siguió buscando debajo de los sillones hasta que sintió un objeto. Lo sacó y vio que era el libro, estaba intacto, sin ningún rasguño.

Al llegar a su casa casi al anochecer se encerró para que nadie lo molestara, se acostó en su cama y encendió la lámpara. Contempló el libro. Era un libro normal como cualquier otro. Leyó el título en voz alta: "Cuentos antes del anochecer". Abrió el libro, y leyó la introducción:

"Cuentos antes del anochecer" es un libro que consta de varios cuentos, unificados por el humor negro. Las historias están construidas a partir de la presencia de personajes grotescos, perversos, inmersos en ambientes sombríos. (Pag.vii)

Empezó a hojear el libro y a leer algunos de los títulos de los cuentos como: "Sangre virgen", "Aquamor", "Preludio #13" o "Locamanía". Le llamó la atención el último cuento y se percató de que se contaba la historia de una joven que había encontrado un libro con un ángel en la portada, en una librería donde vendían libros muy antiguos, el libro estaba debajo de un pilar de textos. Cuando la chica empezó a leerlo, ya no pudo dejarlo. Se contagió de una extraña enfermedad que la hizo derramar sangre por la nariz y boca. La internaron en el hospital, pero ningún doctor pudo aliviarla. Un día amaneció muerta bañada en su propia sangre. Al continuar leyendo, Willy se dio cuenta que las siguientes páginas contaban una historia similar a la de su mejor amigo Víctor. La historia empezaba el día en que un joven le presentaba a otro un libro con un ángel en la portada.

El horror de Willy crecía con cada página que leía. Resultaba obvio que el libro se escribía a sí mismo, con la lectura de sus futuros personajes. Sabía que no debía continuar, pero una fuerza incontrolable lo ataba a todas sus páginas. Cuando Willy terminó de leer la historia de su amigo Víctor, supo que comenzaba a escribirse la suya. Se levantó de la cama, corrió hacia a la puerta, alcanzó a tocar la perilla, pero en esos momentos sintió que las letras y las palabras del libro invadían sus venas, su aliento, sus lágrimas y su cuerpo. Trataba de abrir la puerta cuando sintió un fuerte dolor que lo dejó muerto en el piso. Cuando tú termines de leer este cuento, inmediatamente se escribirán las siguientes páginas con el cuento de "Tu muerte".

TU MUERTE